岁月如此多娇

读者原创版编辑部 ○—— 编

🐝 甘肃文化出版社

甘肃·兰州

图书在版编目（CIP）数据

岁月如此多娇 /《读者》（原创版）编辑部编 . --
兰州 ： 甘肃文化出版社， 2021.7（2024.12 重印）
（故事里的中国印象）
ISBN 978-7-5490-2017-1

Ⅰ．①岁… Ⅱ．①读… Ⅲ．①纪实文学－作品集－中
国－当代 Ⅳ．① I25

中国版本图书馆 CIP 数据核字（2020）第 100670 号

岁月如此多娇

《读者》（原创版）编辑部 ｜ 编

总 策 划 ｜ 马永强
项目负责 ｜ 王铁军　郧军涛

策划编辑 ｜ 刘　燕　祁培尧　高彦云
责任编辑 ｜ 甄惠娟
封面设计 ｜ 马吉庆

出版发行 ｜ 甘肃文化出版社
网　　址 ｜ http://www.gswenhua.cn
投稿邮箱 ｜ gswenhuapress@163.com
地　　址 ｜ 甘肃省兰州市城关区曹家巷 1 号 ｜ 730030（邮编）

营销中心 ｜ 贾　莉　王　俊
电　　话 ｜ 0931-2131306

印　　刷 ｜ 三河市富华印刷包装有限公司
开　　本 ｜ 690 毫米×980 毫米　1/16
字　　数 ｜ 195 千
印　　张 ｜ 16.25
版　　次 ｜ 2021 年 7 月第 1 版
印　　次 ｜ 2024 年 12 月第 2 次
书　　号 ｜ ISBN 978-7-5490-2017-1
定　　价 ｜ 69.00 元

序言

时光不染，岁月流金。跨过历史的长河，我们追寻火红的足迹，穿过岁月的征程，我们拥抱伟大的时代。

时代，既是源自悠久过去、绵延至今的一段历史足迹，亦是以今为初始、朝蓝图进发的持续进程。发祥于黄河流域的中华文化，孜孜不倦，与时同行，已历经千百春秋，在不同的时期坚守，把握时代命脉，留下深刻烙印。

岁月的时光瓶，为我们沉淀成长的记忆，也为我们记录奋斗的足迹。人生只是弹指一挥间，虽然在时间维度上短暂，但我们不要忘了为自己的时代鼓掌。掌声中，时光的镜头已缓缓拉开，曾经的那些记忆随着时光慢慢浮现。

中华人民共和国成立以来，"扎根黄土地，亦取养于土地，食不可缺"的袁隆平埋首农田，躬耕不懈，以亩产破千的杂交水稻解决了有史以来最为棘手的粮食问题，使广大人民更有气力投身社会主义建设；"年过古稀未伏枥，犹向苍穹寄深情"的"牧星人"孙家栋刻苦钻研航天技术，从"东方红一号"到"嫦娥一号"，从"风云气象"到"北斗导航"，60多年来在太空升起数十颗星，以熠熠"北斗"为中华、为世界指引方向；"放眼浩瀚海洋，绘出一道道时代航线"的新青年叶聪将"蛟龙"从图纸化作潜海重器，直下千丈探索深海极限，使中国成为继美、法、俄、日之后第5个掌握大深度载人深潜技术的国家；"用愚公精神创造生命奇迹"的八步沙"六老汉"和他们的后人，先后治理荒漠近40万亩，筑成了一条防风固沙的绿色屏障，让风沙线倒退了15公里，有效地遏制了沙进人退的被动局面，他们凝聚的精神脊梁，撑起了八步沙的一片晴空，书写了一段悲壮、豪迈、可歌可泣的故事……

改革开放以来，中华民族逐渐在时代的激流中站稳脚跟，不惧博弈与竞争，屹立于世界民族之林。这盛世辉煌的背后，是无数英杰才俊、星火青年，将青春、血泪尽数挥洒，以愿景梦想绘制祖国蓝图。他们逆着时代洪流，将崇高的理想、追求融入爱国主义精神，以己身诠释着时代命题，代代传承，至于不朽。甘肃文化出版社与读者传媒期刊中心携手打造的"故事里的中国印象"系列丛书，以全方位展现中国共产党成立以来的辉煌成就为出发点，通过讲述大量充满温情、感人肺腑的中国好故事，大力宣传"时代楷模""最美人物"等先进典型，全面展现全国人民齐心协力实现中华民族伟大复兴的历史画卷，展现在党的正确领导下，民族独立、国家富强、百姓安居乐业，中国正式踏上实现民族复兴梦想的伟大征程。本丛书共 10 册，包括《锦绣河山万里》《追寻一缕时光》《丹心挥洒新愿》《盛世绘就梦想》《我为祖国代言》《一生终于一事》《福顺只须修来》《不忘初心归去》《岁月如此多娇》《家国处处入梦》。丛书里的每一本书都从一个小侧面反映中国共产党成立 100 年来祖国大地上的巨大变迁，用一个个温情的小故事来讲述普通人为之奋斗、为之拼搏、为之努力的人生。

《锦绣河山万里》收录了 41 位作者从不同的视角描绘的 41 座不同历史、不同个性的城市发展变迁历程，这 41 座城市各具特色，风格鲜明，映射出那一方水土孕育的独特人文风貌，更体现出国家日新月异的发展变化。

《追寻一缕时光》以大量真实、贴切、温情的经典故事，展现各行各业的代表人物对行业发展及自我生活工作经历的回顾，以小见大，以点到面，展现中华人民共和国发展繁荣的历史画卷。

《丹心挥洒新愿》讲述了祖国建设各条战线上开拓创新的动人事迹，展现了全国人民创新创业、奋发作为的历史画卷。

《盛世绘就梦想》收录 25 位从 1949 年起在各行各业有贡献、有影响、有成就的人物，他们是造就盛世辉煌的践行者和见证者，通过本书我们将引领广大读者一起触摸历史、展望未来。

《我为祖国代言》讲述在海外工作、学习的中国人心怀故土、矢志不渝的爱国情怀，展现一个个奋斗不息的人生历程，一个个充满爱和理解的家庭，讴歌积极向上的人生态度和爱国为家的良好传统。

《一生终于一事》选取《沙漠赤子》《破希望》《来自乡村的寒酸礼物》等 35 个故事为广大读者展示普通人摆脱贫困，争取幸福生活的奋斗历程。

《福顺只须修来》讲述新时期和谐忠厚、和顺亲睦的中国好家庭，倡导以爱齐家、以德治家的中国好家风。收录有《父亲和书》《外婆这样的女人》《浓淡父子间》《乖小孩》等几十篇带着浓浓亲情且有温度的文章。

《不忘初心归去》选取了三十余篇关于理想、关于奋斗的文章，展现了企业家、科学家、工人、教师等各行各业的人们坚守理想，矢志不渝，最终走向成功人生的故事。

《岁月如此多娇》通过一个个平凡人的小故事，带领读者走进他们的幸福，感受平凡生活中的温暖，展现新时期老百姓幼有所育、学有所教、劳有所得、病有所医、老有所养、住有所居、弱有所扶的幸福生活画卷。

《家国处处入梦》通过一个个渗入灵魂深处的小故事，展现中国人民矢志不渝的爱国爱家情怀，弘扬新时代的爱国主义精神。每个人的灵魂深处对于家国都有不一样的情感，对于军人，家国就是他们保卫的那片边疆；对于农民，家国就是他辛勤耕耘的那块土地；对于作家，家国就是他心中最美好的存在。

忆往昔峥嵘岁月，看今朝锦绣河山。回首中国共产党成立的 100 年，华夏神州留下了太多的变化奇迹。国家经济快速、平稳、健康发展，曾经的低矮、陈旧已经被眼前的崭新、繁华所取代，绿意婆娑的公园、鳞次栉比的高楼，商贾市集，车水马龙，一派勃勃生机。一个个梦想的实现，一份份成就的辉煌，无不彰显着每个人心中的"中国梦"。

时光恰好，岁月丰盈！让我们和这个时代一起绽放，也伴随着这片神奇土地不断成长。

本社编辑部

2021 年 5 月 20 日

目录 CONTENTS

当男人变成父亲

◎ 江筱湖

在做父亲以前，他绝想不到有朝一日自己会变成这样的男人。

最初谈到孩子的时候，他的态度很现实——生是一定会生的，除了丁克，人人都要走这一步。他对孩子没有什么期待，看到邻居家的孩子，仅仅是礼貌地喜欢。

妻子怀孕了，他坦然迎接这个消息，喜悦而平静。

知道了妻子怀的是个女孩，他有两小时三十分的烦恼。这烦恼并非来自传宗接代的压力，而是因为女孩子照顾起来会更劳心劳神，又不能和他踢足球打游戏。

妻子的肚子一天比一天大，他照顾得尽心尽力。问他，你以后爱女儿多还是爱妻子多？他斩钉截铁地回答，老婆永远是我最爱的人。

妻子终于入院了，剖腹产后，他见到了他的女儿。

妻子躺在病床上，急不可耐地等待自己的女儿。他一点儿都不心急。他不住地劝妻子好好休息，要注意自己的身体。

他们出院回了家。

那个小小的第三者，是他的"翻版克隆百分百"，每个人都这么说，他脸上忍不住带着笑意。

他抱起她，她止住哭，睁大眼睛望着他。他突然惊觉，做爸爸了，他从此要对大小两个女人负责了。

他不知不觉深陷进一个温柔的陷阱，就像那个有名的典故：温水煮青蛙。

有一天，他的妻子抱着女儿，女儿在吃奶，母亲在凝视。他走过来，突然感慨，真伟大！真伟大！他的妻子心潮澎湃，几乎泪盈于睫，心说，这个男人嫁对了。他却更加激动地说，我的女儿真伟大，她都会吃奶了。妻子应声倒地，良久，爬起来，揉揉额头上的包，问他，你最爱的人是我还是她？他忽然惊醒，坚定地回答，当然是你，边说边痴迷地望着那个伟大的会吃奶的娃娃。

她一天天长大，每天都在进步。

她咿咿呀呀，他叹息不已。

她展颜一笑，他激动不已。

她会咬手了，会抓眼镜了，会抬头了，会看电视了，会用转折的音节表达喜怒了。

如今，他可以一刻不停地抱着她。他叫她爱爱宝，偶尔喊她香香娃，从来说不出口的甜言蜜语，望着她都会喷薄而出一泻千里。

他经常半夜爬起来，甜蜜地看着她。

她哭了，他立刻扑过去抱起来，因为他见不得她受委屈。

电视上有人谈到自己的女儿很可爱，他突然弹起来，闪电一样冲进卧室，边跑边说，我想我的宝贝女儿了，他有可爱的女宝宝，我也有我的乖女儿！

经常会有些空闲，被他称为"见（鉴）宝时间"，专门用来盯着她，看啊看啊，多少遍都不觉得厌倦。

因为她，他变成了一个唠叨的人。他揣摩她的心思，一遍遍询问她的不满。

因为她，他变成了一个脆弱的人。面对她的大叫和啼哭，他一边叹气，一边忍不住地焦虑。

因为她，他变成了一个"煮夫"。他给她的妈妈炖了从未炖过的鲜美甘醇的汤，然后盯着这头"奶牛"喝下去，翘首企盼"奶牛"产出量大质优无污染的鲜奶。

因为她，他甚至变成了一个作家。他在寂寞的凌晨奋斗，将千万缕柔情通过键盘的敲击，献给心上那个温暖得像春天一样的姑娘。

……

他让所有认识他的人明白，当一个男人变成父亲，他的爱，会热烈如熊熊火焰，激昂如滔滔江水。

最后，谨以一首"梨花体"献给这个做了父亲的男人——

我和你
相逢在上个世纪的
春光里
你是那样地
冒傻气
我是这样的
坏脾气
我们混到一起
解决了
两个大龄男女的
嫁娶难题
于是
结婚了
买房了
装修了
入住了
吵架了
和好了
伤感了
快乐了

春游了

苦夏了

悲秋了

猫冬了

过年了

成熟了

怀孕了

生产了

当爹了

当娘了

从此

我不再是我

你也不再是你

我的孩子叫你爹地

你的孩子叫我妈咪

七年已经过去了

后面应该还有个七十年

我仍像从前那样深深爱你

一如你在毕业十年聚会上坦言

最大收获

就是娶了你的妻

有个孩子多好啊！

能陪你说话，能给你洗脚，能教你玩电脑，能帮你捶肩，还能……

惹你生气。

一个错误的诞生

◎ 令吉川

春意淡淡步轻轻，随我悠悠往家行。

今天是三八妇女节，好不容易偷得半日休假，脑中还存留着刚刚和同事分别的愉快情景，竟转眼就到了家。我本来是想在路上拖一段时间的，而现在家门就在眼前了。

照理说，我应是迫不及待地往家赶，去享受自己的节日。但我却矛盾地希望能在途中迷路，因为我到家就得收拾屋子。这就是妇女的命运吧？难怪有同事把"三八妇女节"更名为"三八妇女劳动节"。可这一百多平方米的房子不收拾不行啊，否则，若三天不管，它就像拾荒人家似的无处下脚，比如厅里的镜子，会被水渍、"爪"印、果浆、喷嚏沫儿等覆盖。我开始后悔为什么当初拼死拼活买了这么大的房子，它就像我后半生的监狱，除了上班和睡觉外，我没有一刻能摆脱它的囚困。

　　套上闺女的校服裤子，戴上套袖，罩好浴帽，我环视着房间，觉得哪里都在阴森森地对我狞笑，我便莫名地起了一身鸡皮疙瘩。

　　收拾房间的主要矛盾在于我闺女的屋子，我每次整理她的卧室都要下极大的决心，我总认为这种工作强度不适合处在更年期的女人。

　　闺女的"金屋"乱得一塌糊涂：遍地的书本，满墙的明星海报，一床的布偶公仔；走在地板上，沙沙地响，待我伏下身借光一瞧，好家伙，有尘土，有绒毛，有头发，还不时暗藏杀机，例如回形针、订书针和其他不明锋利物；橱柜内的磁带、光碟横七竖八，我必须让它们各就其位；桌上的梨核、零食袋杂色迎面，暗香扑鼻，它们无一不似日本鬼子般狰狞地盯着我。

　　我在抱怨中开始了工作。

　　我一边收拾，一边思考着一个问题：为什么我要了一个孩子？孩子简直是个小魔鬼。试想一下，怀胎十月，从孕吐到挺腹，恨不得一下子熬过七八个月。待到终于实现了梦想，又得进行对牛弹琴似的胎教，她却只懂得在里面晃头蹬腿。为了生下她，我把这辈子积攒的气力全用上了，叫破了嗓子才看到一只红红的"猴子"。然后，我完全被她软禁起来。她白天睁大眼睛看天花板上吊着转圈的铃铛，晚上掐算着时间一般，刚过 11 点就开始"唱歌"。后来她会跑了，更麻烦起来，我几乎被训练成一名优秀的马拉松运动员。她上小学的 6 年，我是在担惊受怕中度过的，初中的家长会更是引发我神经衰弱的导火索。我早已厌倦了"潜力"这个千万次被用来形容我那宝贝闺女的词，它曾是我希望的火焰，但现在已慢慢成了我的负担。

一番回忆下来，我更加后悔要了一个孩子。其实生孩子没有错，千不该万不该，我没生一个好孩子。我是多么羡慕那些以孩子为荣的父母啊！可生之前怎能预测得到她是好是坏呢？问题终究回到了起点。此时，这可恶的房子都是惹人喜爱的了。

宝贵的假日就这样被我折腾得所剩无几，我将女儿的教材、练习册、报刊、试卷、草稿纸、笔记本摞成几摞，把娃娃、玩具装进袋中，对书架进行了清理，在地板上连滚带爬地擦了两个来回（它总算是锃亮了），还打扫了床上地下的头发，最后又利落地揉洗了女儿的一堆外套。

感谢上帝，总算完事了！女人果真是弱者，我累得四脚朝天倒在床上。

精神放松了一点儿，却又想起更多的不快。比如每次清扫，我都会发现女儿买的光盘、漫画、明星写真集等一系列"非法"物品。它们被东藏西掩，夹这儿塞那儿，见到我时吓得瑟瑟发抖，同时又黯然无语，仿佛早已料到会有这么一天。

躺在床上，我心中七上八下的，多年的辛苦与艰难像放电影一样一帧一帧缓缓滑过眼前，物是人非，沧海桑田，转眼间我已变成"小老太太"了。所有的父母都期盼儿女能成气候，我也是一样的，但这个简单的愿望却一次又一次被撕碎。失望、无奈、气愤交织出一阵辣辣的凉风，舔得我鼻子一酸，眼睛一疼，泪的水位如涨潮般倏地升到警戒线。

　　妇女节怎能如此沉沦呢？我一骨碌爬起来，打开电视。在 8：40 那个小混世魔王回来之前，我还有一点点自己的好时光，不能浪费。

　　时针指在"9"的位置，并歪斜着身子准备再向右跳一步。什么电视剧都吸引不了我了，恐怖的猜测充斥了我的脑海。怎么还不回来？离家出走了？遇到坏人了？给车碰了？我急得在电话旁站起又坐下，突然提起话筒，手指停在数字键的上方，终于还是放下了电话。怎么还不回来呢？好歹来个信儿让我知道上哪儿去了。我急得像热锅上的蚂蚁似的，神经质地踱来踱去。我心里不断地说，让我的宝贝闺女出现在我面前吧，立刻！

　　门铃总算响了，跟《圣经》福音一样悦耳。我如一只受惊的鸽子，扑棱一下蹦起来，趿着拖鞋伸着双臂冲到门口，也没看是谁，就一把推开了防盗门。

　　夜风号叫着扑向我，我的头脑立即清醒过来，焦急在一瞬间摇身变成了愤慨。我犹如一头被激怒的母牛，喷着响鼻，用蹄子狠狠地刨着土。平日里女王般的气质与高傲重新回归，我高昂起头，垂下眼帘，低声冷冷地质问："怎么这么晚才回来？"

　　女儿的眼神一下子由期待转为怯懦，她小鼠一般耸着肩膀，抻着下巴，小心翼翼地抬眼偷偷瞅我的脸色，皱出两道抬头纹来。那一刻，我竟蓦地记起女儿小时候为了给我折一根开满花朵的树枝而累得通红的小脸，以及满头大汗的笑容和被批评随意折枝后的委屈的神情，但这次似乎增添了更复杂的心思。

僵持了几秒钟，她轻轻地关上门，与我四目相对，然后慢慢地讲："妈妈，今天是三八妇女节。"我心中不屑地哼了一声，难道这就是她的借口？太离谱了吧？

女儿从背后提出两个小盒子，我知道那是我最喜欢的蛋糕店用来装蛋糕的盒子。

她一点一点地打开，伸着脖子检查有没有刮掉奶油，接着把盒子递给我看。我不耐烦地瞥了一眼，顿了顿，赶忙再瞥一眼，最后干脆拿过盒子细细地看，竟有了点不自在——那是一块小小的蛋糕，裹着雪白的奶油，带了晶莹的橙色果酱花边，一粒粉嫩柔软的樱桃凸起，蛋糕上还有一行歪歪扭扭的字，写的是"老妈，三八节快乐"，"乐"字因为地方不够而被挤得弯成月牙形。

女儿指着它对我说："这是我自己写的。"

再抬头看她时，我觉得格外尴尬。

女儿突然三下五除二地拆开另一个纸盒，利索得差点将它扯坏。她递到我眼前来，说："我本来只买一个的，但是我想，如果那样的话你一定不吃，所以我就又买了一个。"她不好意思地咯咯笑起来："我也过三八节。"

我能猜出她的小把戏，她明明是想吃两个，但这"谎言"被包装得如此俏皮可爱，让我着实不忍心戳穿。我静静地注视着女儿的眼睛，半晌，我张开双臂将她抱住，紧紧地搂着，声音颤抖着说："谢谢大老臭想着妈妈。"

我的心又开始七上八下了，晚上躺在被窝里辗转反侧，不断地想着，有个孩子多好啊！能陪你说话，能给你洗脚，能教你玩电脑，能帮你捶肩，还能……惹你生气。幸好我有一个宝贝闺女，如果一个家庭中没有孩子，这日子可怎么过啊！

老爹的装与老妈的忍

◎ 马　德

在我 11 岁的时候，看见了一件让我十分吃惊的事——地垄上，父亲扛着铁锨拉着母亲的手在走，我心里咯噔了一下。因为自从跟女同桌在课桌上画了"三八线"之后，自己就从来没越过境，男女之间，还是封建点儿好。

然而，父亲竟然拉着母亲的手走了半天。天啊，那一刻仿佛是我碰到了女生的手，吓死我了。我当时想，只有搞对象才能拉手，父母是一家人，怎么能"搞对象"呢？

又一年，我家发生了一件大事：母亲突然从一个走街串巷收羊羔皮的人手里买了辆二手自行车。当时我家很穷，不知母亲哪里来的胆量。父亲看到自行车后，数落了母亲一顿："贵巴巴的，买这个干什么？"是啊，家里辛辛苦苦攒下的 100 多块钱全花在了这上面。父亲出去之后，我朝着母亲恶狠狠地说了一句："活该你!"因为,母亲从来舍不得给我买块糖吃。她半天没说话,过了很长时间,像是回答我,又像是自言自语:"你爹喜欢自行车,就给他买了吧。"

我从没见过父亲像电影里演的那样带着母亲出去兜风。一来,那辆车子的横梁是水管焊制的,死沉,自己骑都累个半死;二来,父亲舍不得。他每天把自行车擦得锃亮,放在堂屋的角落,像供神一样供了很多年。

关于这辆自行车,父亲跟母亲最多的对话是——父亲说:"你学不学?我给你扶着。"母亲答道:"我笨,学不会。"过了一段时间,父亲再问,母亲还是摇头。那时我觉得父亲怎么那么烦人,总是问,但母亲从不嫌烦,于是我便觉得母亲的忍劲儿真大。

若干年后,当我见有人突然给心爱的人买下个很大很大的钻戒时,便一下子明白了母亲为什么执意要给父亲买那辆自行车。

那些年的秋天,庄稼收割完都满满地堆在场院上,一派丰收的景象。母亲坐在谷垛旁切谷穗,父亲赶着牲口在场院中心碾场。碾着碾着,父亲突然停下来喊:"快点,快点!"

我不知道发生了什么事,母亲多神奇,她竟然知道是怎么回事。只见她放下手中的活儿走到父亲跟前,把父亲的领子拽开,一点一点地在衣服上找着什么。父亲眯着眼睛,享受极了,好像要睡着了。

我问:"妈,爹衣服上有啥?"

"莜麦芒子。"母亲头也不抬，继续给父亲找。

"能咋了？"我接着问。

"难受，痒痒。"母亲答道。

以后，父亲一喊"快点，快点"，母亲就赶忙跑过去为父亲找莜麦芒子。有时候，我甚至觉得父亲是装的——父亲眯着眼睛享受的样子，一副地主老财作威作福的派头。

母亲总是那么容易被骗。我说："妈，别理他，爹是装的。"母亲不解释，继续切她的谷穗，父亲呢，专心致志地碾着场，他俩根本不理我。有时候，母亲给父亲找完芒子，两人干脆什么也不干了，坐在一片庄稼秸秆上唠嗑。有一天，他俩竟然从下午一直聊到了黄昏，夕阳把两人的剪影拉得好长，那画面真的好美。

又有一年，村里来了个照相的，照完了全家福，父亲要求跟母亲单独照一张。照相的要他俩靠得近一些，父母扭捏了半天，中间还是隔着很远的距离。回到家之后，我见他俩在堂屋的板凳上练习刚才的动作，显然近多了，我笑了起来。母亲说："那么多人看着，咋好意思挨得那么近。"父亲说："你妈就是个老封建。"说完后，故意重重地往母亲身上一靠。

父亲那么一靠，我觉得这个世界幸福得让人眩晕。

50 岁之前，他们将百折不挠获取的爱情铸成利器，
用它凿成通山的路，用它架起渡水的桥；
50 岁之后，那些路和桥，终于回归了日常而浪漫的本质，
并在古稀之年让他们敢于用镜头定格对彼此的情感。

岁月如此多娇 /

属于他们的珊瑚与暗河

◎ 虹　珊

　　"我的白衬衫呢?"冬天的早晨，父亲躺在暖烘烘的被子里，没名没姓地呼唤。母亲放下手里的活儿，一边急急地走向卧室，一边数落道："每次都是这样，自己穿的衣服总要别人找，别人又没闲着。"不过，第二遍抱怨还没结束，母亲就已经按照父亲的要求找出了衣服。当然，衣服是划着抛物线丢过去的，但它们从来不会散落在床上，父亲总会及时伸出两只手，一把接住，同时还要挤眼笑笑，那种狡黠和满足，就像庄稼接住了阳光和雨露。

　　我对父亲的这种陋习极度不满，只要有机会，就要给母亲灌输女权主义思想。我说："男女平等，再说，你比我爸还大一岁，凭什么只能你伺候他，不能他伺候你?"说多了，母亲就有了觉醒的意识，但她坚持要在改变之前来一个宣布仪式，以免父亲没有足够的心理准备。母亲六十大寿那天，一大家子吃团圆饭，父亲正要跟她碰杯，她突然站起来说："当着孩子们的面，我宣布，从今以后你们的爸爸自己的事情自己做。"她一边说，一边不停地搓着双手，显得无比紧张、激动和不安，仿佛起义前夜的将军。我们立刻一起举杯，祝愿她福如东海，寿比南山。

只有父亲坐着没动，他呆呆地望着母亲，望着她搓手，望着她坐下，望着她将一块肉揲起来又掉在饭桌上……仿佛他的魂魄全都附着到她身上去了。安静下来后，他问她："你是说以后不给我做饭吃了？"她看着他的脸说："不是那个意思。"他又问："那是不帮我洗衣服了？"她看向他面前的碗筷，犹犹豫豫地说："不全是那个意思。"他又问："那是不和我一起制野菊花茶了？"她看向一桌子的菜，弱弱地说："哪里是那个意思呢？"

究竟是什么意思，根本就是无法理清的私案，反正母亲的宣布仪式就像是没有成功绽放的烟花，刚刚点燃引信就完全熄灭了。一切还是老样子：有好东西她总是让他先吃，总是在她摆好碗筷后他才会坐上桌，他洗完脚后她总是会递上毛巾和拖鞋……每次我忍不住要打抱不平时，父亲就说："不要愤怒，你根本就是一叶障目。"

我知道，父亲在母亲眼里，就是力量，这种力量，是母亲无比敬慕的文化的力量、知识的力量。作为农民的父亲，不仅熟读《唐诗三百首》、通晓"上下五千年"，而且连天文地理、时政经济也能说出个子丑寅卯。在我的印象中，他们两个人在劳作之余，最常出现的场景就是：父亲坐在朱红色的松木椅上，戴着老花镜，一字一句地大声读书；母亲坐在他的右边，也戴着老花镜，纳鞋底或择菜。她总是很认真地听，还不时抬起头问几个问题，有时会受到表扬，有时也会受到批评，不过，无论是表扬还是批评，父亲都是笑呵呵的，一副老师对学生表示赞赏的样子。

他们吵架时也是这样。一般是他说了一句文绉绉却充满讥讽的话，她没听懂，但明白那绝对不是什么好话，于是立刻像爆米花一样炸开。她嘴巴很快，理很多，总是可以由此及彼，再由彼及此，不停地循环往复。

他咧着嘴，笑呵呵地听着，该做什么还是做什么，手里的活儿一刻也不耽误。当她的声音慢慢变小时，他会再丢出第二句，依然文绉绉却不中听，像深水炸弹，于是，她再度亢奋……如此三四个回合才会结束。我说："爸你太坏了，一辈子就喜欢逗我妈。"父亲说："你妈个性好强，要不时疏导疏导，人又太勤快，只有跟我吵架才会忘记做事，就当是我请她休息一下吧。"

2013 年，母亲 70 岁，父亲坚持自己掏钱，正经八百地请母亲休息一下。他们去了心目中共同的圣地北京，来回近半个月。回来后，我要看他们的合影，母亲扭扭捏捏好半天才拿出来，嘴里还嘟哝着"都是导游闹的"。其中有两张着实让人吃惊：一张是在天安门前，他长长的手臂环在她的双肩上；另一张是他搂着她的腰，她歪着头靠在他的胸前。他一米七二，她一米六不到，看起来像一高一矮两棵相依而生的银杏树，古老而羞涩。

而这两棵树，曾经历了多少风霜雨雪啊。生于 20 世纪 40 年代初的父亲与母亲，婚姻大事必须听命于家长，尽管两人从小青梅竹马，但母亲的爷爷是当地很有威望的地主，他奉行的是门当户对，是"红庚八字"，他根本看不上饱读诗书却贫困潦倒的父亲。在母亲 15 岁那年，一顶大花轿将她抬到了遥远的异乡。但母亲没有屈服，婚礼后她就自己动手盖茅草屋，开荒种地，自给自足，一天也没与那个"红庚八字"生活过。两年后，她那先是遭批斗、后又处于饥饿中的爷爷，再也无力坚持错误的决定，终于重新接纳了步行两天后返回娘家的孙女。母亲回家后的第六天，父亲穿着草鞋，空着双手，娶走了母亲。从此，他们开始共同对抗多舛的命运：白手起家的艰辛，父亲病危差点没有醒来的绝境，作为地主子女遭受的凌辱和刁难，节衣缩食供养三个孩子生活和求学的劳累……他们真是太累了，累得只能顾及眼前严酷的现实生活，累得绝无可能赖床等着找衣服，累得绝无时间读书看报，累得绝无心情吵架斗嘴，但他们全都挺过来了。50 岁之前，他们将百折不挠获取的爱情铸成利器，用它凿成通山的路，用它架起渡水的桥；50 岁之后，那些路和桥，终于回归了日常而浪漫的本质，并在古稀之年让他们敢于用镜头定格对彼此的情感。

　　我迫不及待地加洗了那两张照片，并把它们装裱后高悬于客厅。每每端详，我总能看见海底璀璨的珊瑚，或听见地下奔涌的暗河。

难觅的浪漫

◎ 黎继新

很多时候，我努力寻找父母的浪漫故事，而父母这一生，彼此无言，是打着架过日子的。

月亮、星星、夜空下的禾场和禾场上来回经过的夜风，看见过父母的战争。武林高手比武常在山巅，父母"比武"大多在禾场。

禾场在我们老屋前面，白天晒谷物，晚间用来歇凉。三五乡邻常搬来长凳竹椅，四散坐在禾场边，摇着蒲扇谈天说地。

几十年前的那个月亮是世上最干净的东西，铺天盖地地泻着玉，月亮不下玉的夜晚，星星就繁荣昌盛起来。孩子们在禾场里跑来跑去，嬉笑、尖叫。

突然，有一个大人伸手逮住我，问："你爸妈晚上打架吗？"

我说："不打。"

大人表示不可思议："不打？那你难道是从树上摘的？"

我着急了，说："打，经常打。"

大人们就哄笑起来。

于是我觉得，天下的老爸老妈都要打架才能生小孩。

我的父母一生都在打架，理所当然，他们生下我们兄妹四个。那个时候，我觉得不打架的父母是很奇怪的，我会严重怀疑他们的小孩不是生的，是从山茶树上摘来的。

就在大人们的哄笑声中，家中突然传来了崩塌撞击的声音，惊天动地。接着是父亲的吼声，母亲的叫骂声，两人从屋内打到了禾场。

月亮下，两个人的打斗十分激烈，不分伯仲。之所以不分伯仲，可能是父亲让了母亲一招半式。

禾场上乘凉的乡邻们立即加入了拉架的队伍，一部分拉父亲，一部分拉母亲，因父母动作激烈又站不住脚，倒退，前进。混乱的脚步声，吼声，骂声，高声劝解声，孩子们的号哭声，看似混乱不堪，其实井然有序，各司其职。更远处的乡邻闻声而来，近处的狗闻着不常来的人，称职地狂吠。一狗吠，百狗吠，像星火燎原，势不可当。一瞬间，宁静的夜，沸腾了。

拉开父母亲的乡邻们，一部分讲大道理给母亲听，一部分劝解父亲。讲道理与劝解的声音抑扬顿挫，还夹杂点儿不标准的普通话。

月亮偏斜的时候，父母亲的怒气还没有消减，而讲道理的、劝解的都困乏起来，打着呵欠，各自做一个总结，带着立了大功的得意神色，各自回家去。

父母亲也回到了我们自己的屋子里，上了同一张床，一夜互不理睬，却相安无事。

第二天清晨，父亲通常起得特别早，而且出奇地勤快——煮好猪食，做好早饭，晒好谷子，甚至还洗好全家人的衣服，然后扛着锄头到地里去了。做这一切时，父亲依旧不发一言，紧绷着脸。

母亲起得晚一些，看见父亲做下的事情，眼里便隐隐有了笑意，很快地像平常一样喂猪，翻晒父亲摊好的谷子，然后也扛着锄头到田地里去了，仿佛打架这事再正常不过。

是了，天下的父母都要打架的，不打架的才奇怪。那个时候，父母亲大部分的架在夜里打，我猜想是因为白天要忙田地里的农活，没有工夫。

而半大的我们受过了学校的教育，懂得了"道理"，开始不能容忍。很长一段时间我很伤心，觉得他们生下了我们，可他们之间却没有爱情。

有一天，我们兄弟姐妹几个郑重地把父母叫到跟前，说："你们懂爱情吗？天下的夫妻都要相亲相爱，总是打架，成何体统……"像他们经常长篇大论地训斥我们一样，这一次，我们训斥着他们。

这个时候，他们十分默契地训斥了我们几句，就各自干活去了。

父母越老，架就打得越少。

父母最后一次打架的起因是那年我从广东打工回来，买了一箱八宝粥。这对一辈子节俭惯了的父母来说，是稀罕物。父母亲很高兴，各自打开一罐。母亲说好喝，父亲说也就这个味儿。母亲说："你是大财主，要吃人参燕窝的。"父亲强大的自尊心受了伤害，怒目道："那你去嫁个有钱的。"言语不合，他们又打了起来。这一次，父亲是真的没打赢，因为他太瘦了。谁也没料到，父亲的生命在这个时候竟然已接近尾声。

父亲临终的时候，是在寒冬。

怕冷的母亲常常呆坐在父亲的床前，一坐就是老半天，也不觉得冷，他们依旧相对无言。有时，母亲会突然说："没良心啊。"

一生大男子主义的父亲还是不说话，偶尔会用他枯枝似的手艰难地提提床上的被子，盖住母亲的腿。一生桀骜不驯的母亲，此时，温顺得像只老猫，眼泪扑簌簌就落了下来。

看朱生豪写的情书，里面有这么一句："我渴望和你打架，也渴望抱抱你。"

我觉得稀罕，忽又动容，说不清它击中了我内心的什么。打架肯定不是浪漫行径，可是我又总觉得，能一辈子在一起打架，也是千年修来的缘分。

想不出老爸老妈的浪漫故事。他们没有拥抱，从未互相说爱，一生都在打架，却能在清贫的日子里彼此相守，生下一堆小孩。这其中定有玄机。会不会与平常日子里的互相陪伴、深夜烛光下彼此安详宁静的面容有关？与大男子主义的让步、桀骜中偶尔的温柔有关？或者与日常小事有关？

父亲去世 10 年了，母亲常会说起父亲。从不说好，只说平常小事，说打架。

她说："你哥小的时候，有一天大家都睡了，他还没回来。你爸到处寻，站在禾场边上喊啊喊，愣是没有人应。禾场边堆了个草堆，你爸听见草堆那儿像有老鼠一样传出窸窸窣窣的声音，他走过去就把你哥从草堆里揪出来了。"

她说："那年，我和你爸一起去挑煤，路远，你爸走路又重，回来时一双鞋都张开了口子，他怪我做的鞋不结实，后来我俩还打了一架。"

每当母亲说起父亲，无论是说无关紧要的小事，说打架，还是埋怨，总有一种宁静弥漫开来，像几十年前禾场上方的月亮在阔绰地洒着玉，让人心中充满淡淡的喜乐和安宁。

我想，父母的浪漫故事像老妈的私房钱，东 1 块、西 10 块地，一点儿一点儿地，藏匿在这些日常大小事件里面，就如宝石深埋在矿藏中。

我有什么可以怨她的呢？

就算她从来不舍得爱过，我还是要完成对她的承诺，

在妈的有生之年，疼爱并照顾妈，

不让她受任何的委屈。

只舍得爱一个人

◎ 海　宁

　　她就妈这一个孩子，我就妈这一个妈，我们只能住在同一个家里，隔着50年的光阴相互敌视……而直到她离开，都不后悔这一生没有爱过我。因为这一生，她只扮演了一个角色，那个角色叫母亲。

—

　　在她的有生之年，我一直没有喜欢过她，她也不曾喜欢过我。虽然她是我的外婆，可是她不爱我，相反，始终对我有一些怨恨。与生俱来的那种怨恨。

　　记忆中，小时候，她一直叫我小讨债鬼，总是冲我发脾气，看我很不顺眼的样子。因为她板着脸的样子很凶，私下里，我就叫她地主婆，为此我一直被妈训，还被打过几次。可我不改，背后还是叫，当面也从来不叫她外婆。而她，也一直叫我讨债鬼。

可是我们谁都没有办法脱离谁，她就妈这一个孩子，我就妈这一个妈，我们只能住在同一个家里，隔着 50 年的光阴相互敌视。从我年幼到我长大，从她是个五十几岁的妇人，到她渐渐老去，我们，几乎没有和睦过。

她对我的怨恨自我出生时就开始了。妈生我时难产，差点把命搭上。也许因为出生时的不顺，我小时候身体一直不好，动辄会生病，睡觉也是日夜颠倒，晚上不停地哭闹。妈说，两岁前，几乎要整晚抱着我睡。因此妈在我出生后飞快地憔悴和消瘦下去，以前为人女儿时娇滴滴的模样荡然无存，这让外婆很恼火，自然罪责就落在了我身上，待我非常不好。为此，妈有时候也和她争执，但她总是有道理的，会说，小孩子就是不能惯，你越惯她她越不成样子。说的时候，愤愤地。

妈自然不能跟她顶撞，但也是有意见的。妈有次跟爸说，妈也是最会惯孩子的人，怎么到了外孙这里，就厉害起来了呢？

但她是妈的妈，妈的意见也只能私下里提。她依然如故，虽然照顾我的起居，却容不下我有一点任性。有时候，对我非常苛刻。

二

我小时候身体不是太好，爱吃肉，但不吃一点肥肉。每次吃饭，妈会把所有的瘦肉都挑出来放在我的碗里。每当这时候，她就会愤愤地盯着我的碗看。好几次，她都气呼呼地又将我碗里的瘦肉夹出去，放到妈的碗里，说："你小时候也不吃肥肉。小孩子以后有的是时间吃肉，不能惯着她。"

妈哭笑不得，我却老大不高兴，想她真是对我一点也不好。以后，妈就偷偷地给我留出好吃的东西来，等她睡了，再端到我的屋里去。

那时她就已经有些老了，睡觉会比我们都早。我心里一直不高兴，觉得她住在我们家，是个外人，很多余，却又没有办法。谁让她是妈的妈，连妈拿她都没有办法。

我的记忆里，除了每天做一些简单的家务，除了看着我时会生气，她最爱做的一件事，是织毛衣、毛裤、手套、围巾、袜子……什么都织。从冬到夏，一天到晚不停地织。但所有的东西，都是给妈的。她连一双袜子都没有给我织过。有时候，妈不让她织，她不听。妈说："要不你也给小嘉织两件毛衣吧。"

小嘉是我的名字。

她会猛地把手里的东西往怀里拉一下，好像怕我抢跑一样，说："我不给她织。你给她买那么多衣服，又舍不得给自己买，我不给你织，你连件新毛衣都穿不上。"

妈又是哭笑不得，也自然拗不过她，妈好像从来就没有拗过她，索性由她去了。

多年后，她离开，我和妈收拾她的东西，在她卧室的箱子里，找出了9件毛衣，3条毛裤，4条围巾。都是给妈的，没有我的，没有爸的，没有其他任何人的。

　　但那时，她也会给我洗衣服，会把我的脏衣服抢过来，一边洗一边训我："都这么大的丫头了，衣服还要你妈洗，真是！"说的时候，恨不能把我和我的衣服一起扔出去。

三

　　慢慢地，妈只好趁她午休时做一些事情，她不管看妈做什么，总是要抢的。如果妈的辛苦是为了我，她也肯定要发脾气。有次妈在厨房里炒菜，被烟呛得直咳嗽，她听到，指着我说："都13岁了连饭都不会做，真不知道你妈养你那么大做什么？"

　　我不搭理她，心里怨怨地叫她地主婆。

　　妈刚巧听到她的话，把炒好的菜放到桌上说："妈，小嘉还小，我出嫁的时候，你还没让我进过厨房呢。"

　　她一时无话可说，却还是生气，半晌，说："那不一样。"

　　妈笑笑，不再跟她说这个问题，给我使个眼色，我跑进厨房帮妈拿碗筷，她的脸色才好看了一些。反正记忆中，我只要给妈添了什么麻烦，她必定是要狠狠斥责我一番的。

　　读中学的时候，有次同学过生日，我回来得晚了，又忘记提前跟家里打招呼，把妈急坏了。偏那天妈身体不好，发烧，拖着病中的身体四下找我，等我自己回了家，妈差点累得昏倒。看妈那个样子，她一把将我扯过来，劈头就是一巴掌。

我一下被打蒙了，从出生长到 15 岁，妈从来没有打过我。我都比妈高了，她却一巴掌打在了我脸上。

妈也被她的举动惊住了，说："妈，怎么能打孩子！"

"不听话就要打，"她咬牙切齿地说，"看她以后还敢给你添乱子！竟敢在你生病的时候不回家，这么大了不知道对妈好，还不该打，我想打死她……"

她喋喋不休地絮叨着，竟然又来了气，还要再抬手打我。我终于忍不住了，捂着脸哭着跑进了我的房间。

那天晚上，我一直哭，心里再委屈不过。不知道凭了什么，一个从来没有爱过我的人，她可以抬手就打我，这么狠。

虽然妈说了很多话，但我心里还是恨她了，更加不肯叫她外婆。当然，因为长大了，也不会再叫她地主婆，就索性什么都不叫，干脆就很少同她说话。每次不得已，会应答上一两个字。

四

上了高中，为了每天不和她面对，虽然离家只有 4 站路，我还是选择了住校。妈多少知道些原委，暗暗伤感，却也为难，既说服不了我，更说服不了她。她变得更老了，原本很高的个子好像低了许多，但脾气越来越大，人也越来越固执。那天看着妈为难的样子，她气哼哼地说："当然要让她住校，这样你就可以省心了。看你，才四十的人，都有白头发了，都是这个讨债鬼把你拖累的。"这次，妈只剩了叹气。送我去学校，离开时，妈犹豫着说："别跟你外婆计较，她老了，有些糊涂了。"

我笑笑，没说什么。我想我有什么可以跟她计较的呢？跟一个从来就没有爱过我，也没有被我爱过的人。说到底，我们是生活在同一个家里的陌生人，谁也不爱谁。

高中的生活紧张忙碌，有时，我也会半个月或更久回一次家。回去也只是跟爸妈说话，也会和她说话，再简单不过的话。她看着我总是不顺眼，因为回去，妈就会忙个不停，给我做好吃的，带我买东西，还会抢着洗我带回去的脏衣服……这些，都让她不高兴。可是除了生气，她已经不能帮妈做什么了，也发不了脾气，她真的老了。

五

我读大学时，她过了 70 岁生日。大一寒假回来，忽然发现她老得快要让我认不出了。头发全白了，因为瘦，脸上忽然布满了深深的、沟壑一样的皱纹。在我读大学的时间里，她的身体开始一天天虚弱下去。大四，我回到成长的城市联系了实习单位，妈就我一个孩子，就像她只有妈一个孩子，终归要选择生活在一起。

她的身体彻底不行了，肝出了问题。去检查，已经是晚期。妈把她从医院接回来，使用一些能止痛的药物，但什么都无济于事了。她无法再进食，身体更加消瘦，瘦得我几乎认不出来。看着她，这么多年我对她所有的怨恨开始消散，我在长大，她在衰老，这是生命必然的过程，其实自始至终，她都没有和我对抗的力量。她所有对我的不好，因为她的苍老，都显得那么单薄而虚弱，根本不需要计较。那些天，妈因为心疼她，整夜睡不着。我开始每天都回家，陪妈在她床边坐着，尽可能让她吃点东西，可她却连水都喝不下，喝了就会吐。

我已经不再嫌弃她，和妈一起给她洗澡，收拾她换下的脏衣服。她只是一个垂暮的老人，让我同情，但也只是同情。

最后的几天，她的意识开始模糊，除了妈，好像不再认得任何人。我感觉到了死亡正朝她一步步逼近，越来越近。

那晚，我和妈就在她身边守着。她闭着眼睛，形容枯槁。我们开始不停地守着她，整夜地，怕她随时都会离开。后来我困极了，趴在床边睡着了。

不知道什么时候，忽然感觉有双手在抚摩我的头发，让我在并不踏实的睡眠中醒来。

额头上，是她极度瘦削的手，能清晰地感觉到骨骼。

我的心一酸，握住了那只手。这么多年，我从来没有好好握过她的手，第一次握，那只手几乎没有温度和力量了。

我看着她。妈不在，可能去了洗手间。淡淡的灯光底下，只有我和她。

"小嘉。"她的嘴唇动了动，发出虚弱的声音，她在喊我。

我将身体靠过去，靠近她的脸。这些年，她很少喊我，即使喊，也是怨怨的，而现在，她没有力量再怨了。

"外婆。"我唤她，小声地。我知道这么多年，我和她真的没有彼此相爱过，可谁也改变不了，我们是亲人。

"小嘉。"她又喊我，手颤颤地，虚弱地抚摩我的脸，呼吸微弱。

我握紧她的手，很凉的手，我想传递一点温暖给她。

她的嘴唇还在动着，我再次靠近一点去听。听她在这个人世最后的声音。

"以后，要好好……疼你妈，好好……好好照顾她，她是个可怜的孩子，你要好好疼她。别……别让她受委屈……"

我用力地点头，眼泪开始在这一刻急剧地冲出我的眼睛，越来越多，越来越多。

她重复着这样的话，声音一点点减弱，减弱，弱到我再也听不见。

忽然，她的手在我手中抽搐了一下，一切停止下来。

六

她走了。2006 年 1 月 26 日凌晨 3 点，还有 3 天，就是除夕。

妈端着水回来时，她已经在我怀里闭上了眼睛。

妈没有哭，将水杯轻轻放下，在灯光下看她，好半天，没有发出任何声音，怕吵到她一样。然后，妈伸出手，轻轻用手指梳理她有些凌乱的头发。

妈说："小嘉，你别怨外婆，别怨她这么多年不疼你。"

我摇头："妈，我不怨，外婆她……"

妈打断我："外婆她真的不疼你，妈知道，因为她这一辈子，都用来疼我了。我不是她亲生的孩子，是她从外面捡回来的，那时候，她和外公没有孩子。我4岁的时候，外公就去世了。她觉得我从小就承受了命运的不公，承受了人生的辛苦，所以，她更加倍地爱我。因为我，她从来就没舍得把她的爱再多分给任何一个人。那时候，她不喜欢你爸，怕他委屈了我。后来，她不喜欢你，因为生你的时候我难产，因为我要一直照顾你抚养你，要为你付出许多，就像她为我付出的一样，她知道做一个母亲的辛苦，所以，她心疼我，因为心疼我，所以她真的不喜欢你……"

妈，我知道。我怎么会不知道呢？这个老人，直到离开的那一刻，对我，都没有丝毫的歉意，直到离开，她都不后悔这一生没有爱过我。她却在最后的时刻，还记得要我来照顾妈，不让妈受任何委屈。在她眼里，妈永远是个长不大的、需要被照顾的孩子，没有人有权利让她受任何委屈。正像妈说的，这一生，她只扮演了一个角色，那个角色叫母亲。

那么，我有什么可以怨她的呢？就算她从来不舍得爱过，我还是要完成对她的承诺，在妈的有生之年，疼爱并照顾妈，不让她受任何的委屈。

那么外婆，你可以安心地走了吗？

日常生活中，我们会因被人记得而感动

——因为这种“记得”，代表了爱、关怀和重视。

而这些，

正是人与人之间最宝贵、最刻骨铭心的情感。

记得是幸福的表达式

◎ 木千容

一天上课，年轻漂亮的女老师在谈到写作语言应符合个性时，无意间把话题扯到了她孩子的童言上。

老师说她专门为女儿准备了笔记本，作为女儿的"经典语录"，至今已积累了厚厚的几大本。她列举了其中的一条：有次她和朋友讨论衣服的样式，什么圆领式、竖领式……女儿在一旁插嘴道："我比较喜欢'乐百氏'！"朋友们不觉都笑了，真是小孩的话语最可爱。

笑过之后，我的心微微一动：要有怎样的珍爱，才能使一个人被这样记住啊！她的一颦一笑，甚至是那么微不足道的一句话，本是说过就会随风而散的，然而却有人耐心又满怀怜爱地为她一笔一画地记录下来，并小心保存着。

而有的母亲，连笔记本也不需要，因为"孩子"这个存在是牢牢地刻在她们心底的。孩子说过的话、做过的事、喜欢什么或是讨厌什么……一幕幕如同电影的镜头在她们脑海中放映闪现，虽只有一瞬，留下的却是永恒。

有如此母亲的孩子，是幸福的。

被人记住，与其说是一种惊喜，不如说是一种感动。而这种感动，不仅仅是亲情能够赋予的。

大学里，我平日最喜欢也最常去一个名叫"杏园"的食堂，虽然它离宿舍颇远。里边有一位打菜的师傅，服务态度和质量好不说，最难得的是只要在他那儿打过几次菜的人，他一定记得。之后每次去，他都会笑呵呵地招呼你，甚至连你爱吃什么菜他都记得，不需你再报菜名，他接过餐盘便会利落地为你打上菜，又快又准。

每天要给上千人服务，且环境又那般嘈杂，那位师傅能够这般热情积极地工作，这可以说是职业道德使然。但他能够在千人中记住一个学生，就不能不说是因为真诚和关怀了。

这种诚挚和关心，对每一个离家千里独自在外的人来说，不知会是一种怎样的感激和动容。如果说亲人的重视是自然的，那么一个和你没有利害关系的陌生人的关注和记得，真的是足以打动心灵的。

有一个小学同学，当时我们特别要好，并且上初中后都一直保持着联系。初中毕业后，我升了高中，而她读了外地的职高，我们的关系便渐渐淡了下来，不久便没了联系。虽然特别惋惜，可由于距离和学习压力，我也没能再去找她，直到上个寒假回家，才在街上遇见她。

当时我俩都挺激动，互相拉着去了 KFC。但坐下之后，才发现根本不知该说些什么。几年的空白，不再相同的处境和经历，让我们无奈地有了一种"相逢竟成陌路"的感觉。正在尴尬之中，她一不小心碰倒了肘边的杯子，可乐顿时流了出来。"小心啊，喵喵！"我赶紧拉开她。她却一愣："你叫我什么？"我奇怪她为何会有此反应，刚要张口回答，却忽地明白了，睁大的眼睛弯了，露出会心的微笑。

"这么久了，一直都没听到有人这样叫我，而你居然还记得。"她也笑了。

话匣子就此打开，我们一下子轻松起来，顺畅地开始聊天，渐入佳境，后来甚至争先恐后地抢话说……

我真没想到一个小小的细节，会把人打动。但是，我理解那种心情：当你回首往昔的快乐时光时，忽然出现了一个曾和你一起度过那些时光的人，并且她同你一样怀念那段岁月，甚至其中关于你的一个很小的瞬间她都清晰地记得——这该是一种怎样的欢喜和感动啊！心会随之柔和清澈起来，只觉得一种温柔弥漫开来，让你欢喜得想要拥抱生活！

我们是俗世男女，但我们真实地存在着，因此，我们的生活虽平凡而琐碎，却仍然是寓意深刻的。就好像日常生活中，我们会因被人记得而感动——因为这种"记得"，代表了爱、关怀和重视。而这些，正是人与人之间最宝贵、最刻骨铭心的情感。

　　你，被人记得了吗？你，记得值得记住的人了吗？

　　如果答案是肯定的，那么，你就是幸福的！

没钱的玩法

◎ 陈麒凌

"在维也纳听完音乐会，就到巴黎看看蒙娜丽莎，吃顿法国菜……"

"我想去香港买衣服，还想吃生鱼片。"

"那容易，吃了法国菜，再飞香港逛街，坐飞机，快！"

睡在两人中间的小儿忽然翻了个身，正在香港买衣服的女人马上叫道："快，小鸡鸡翘起来了，把尿，把尿。"

在巴黎吃法国菜的男人迅速地抱起儿子，下地，来不及穿鞋，便直奔卫生间"嘘嘘"起来。

待那小子喃喃复睡，女人悠悠叹口气："睡吧，一点了。明天还要加班。"

"那我们的环球之旅呢？"

"别做梦了，没钱，又没时间，也学人谈旅游？"

"没钱有没钱的玩法，我带你去个好地方，包你没去过。"

"再说吧。"我已经睡着了大半。这天早上，把儿子硬塞给我妈，两人坐上他那部破摩托车，旅游去。

天上有淡淡的云，灰色的，风很大，把衣裳满满地吹着。他说带我去看海，走的是一条偏道，干净笔直的白沙路，两旁是低矮的红树林，间或大片大片的翠绿稻田，村居散散地立在田野上，倔倔的水牛，非要横在路中心和车灯对峙，我们只好小心翼翼绕过去。

空气中开始渗进潮湿的海腥味儿，越来越重，风也是黏的，转个弯，一大片白水波浪滔天地横在面前，"嘿！那不是海吗？"

两人兴冲冲地投奔过去，不料半路杀出一守门员，大喝："买票！买票！20块一个。"

只是一片海一片沙，啥都没有，两人要40块，我们又不游泳。这钱我首先舍不得花了，不进就不进吧，反正远远地什么都看齐了。他的兴致倒一点没减，车越开越快，最后竟径直往山上开去了，不管我在后面"小心！小心！"地惊叫。

风在耳畔呼啸，山石树木纷纷往身后退去，我闭了眼睛，想象自己在坐过山车。

良久，他才停下，使劲吸口气，说："下车。"

摩托车的发动机才静下，山中的鸟声便围了过来，高高低低、圆润清脆，一粒粒脆生生地掉在耳畔。

我们坐在新绿的草上，不敢声响，满心意地珍爱这山中率性的鸟声，如怀抱浴后的新生儿。脚边有丛含羞草，小小粉红的花，轻轻一触，那细细的叶便匆匆拢聚。数只粉蝶，在草上翩跹，被生活晒干磨平的心，此刻仿佛在晨露中重新润泽舒展起来。

他带我爬上山顶看海，一抬头，我震住了，一辈子也没看过这样的海，灰莽莽得无边无际，宽阔得让人喘不过气，而天又是灰色的，海与天上下连成茫茫一片，好像天地间什么都没了，只剩下这浩瀚的水，而人，微小如粟，恨不得就这般投身其中，融成一片罢了。

脚下，白浪打在黑石上，碎成千万缕，一叶扁舟，在浪尖上飘摇，海鸟长吟着振翅飞起，风真大。

"他们在那儿，像小蚂蚁，我们看的才是海，不是吗？"他扬扬得意地指着山下来处让我看。

"看不出，你还知道这么好的地方。"

"上次跟领导视察来过，觉得真美，总想着带你来瞧瞧。我总这样，好东西总想和你分享才安心，自己要是独享了总觉得没意思，好像对不起你似的。"他老实地说。

我认真听他说，眼睛涩涩的。

"老公赚钱不多，只能带你来这，对不起了老婆。"

"说这话干什么，傻瓜。"泪水已到了眼眶，把头轻靠在他肩头。

"我会努力的，到时候赚了钱，一家三口环球旅游。"

"不要紧，各有各的玩法，开心就好。"我紧紧靠住他，眼泪抹了他一身。两人这般深情地在海风中相依。好一会儿，他好像终于按捺不住地说："不知道哪里有东西吃呢？"

总是这样煞风景，忍不住心头恨恨地给他一拳。

山下有一小渔村，因为偏僻，游人罕至。但我们还是在路口找到一家小店，油毡纸胡乱搭了个棚子，居然敢在壁上横书四个朱红大字：可爱饭店。就冲这，我们进去。

老板嗓门极大："吃蚝吧，新鲜得放不下地，会飞的。"

这人还真能夸张，那就吃蚝吧。很快，一篮清蒸鲜蚝热腾腾地摆在面前，我们忍住热，轻轻掰开壳，淡白鲜烫的蚝汁儿就滴下来，忙噘起嘴去吸，再支起筷子夹那晶莹润白的蚝肉，汤水淋漓地蘸一下清蚝油（渔家自制的，确实味美），一口吮进嘴里，只觉得鲜甜无比，嫩滑至极，加上又烫，不及细品，就囫囵吞下，只余舌尖隐隐的香（因为蚝新鲜，嚼在嘴里连渣都没有）。两人一口气吃了三大篮子，才三十几块，比外面便宜太多太多。这倒蛮符合我们这次出游的风格。

临走问了一句："为什么叫可爱饭店呢？"

晒得乌黑，五大三粗的老板亮出一排白牙喊："可爱是我的名字呀！"

破摩托车咣当咣当地驶在山路上，他问："开心吗？"

"开——心——"我兴致一来使劲喊了一嗓子，山间四面也"开——心——开——心——"地响着回声。

他也激动了，大声地对着大山喊："我要赚很多钱！我要带老婆环球旅游！我要给老婆很多开心！"

山间不断回荡着"开心"，我们被这"开心"包围着。

我不禁紧紧依住他的背。

其实，巴黎的香榭丽舍大街与这南海渔村的山路于我有何区别？只要身畔是他，只要这么相依相惜，只要懂得欣赏生命中随处可觅的——开心。

在这些年里，

买房子渐渐成了城市居民建立新家的途径，

买了房子的人，有了一个曾经新鲜过的称呼，叫"业主"。

岁月如此多娇 /

搬家记

◎ 亢　霖

一

　　搬家的日子不是晴天，也不是阴天，是一种说不清的不晴不阴的天气。空气中充溢着初夏的湿热，房屋里堆放着一摞摞的箱包。这似曾相识的场景在记忆里已经重复了多次，每次的细节又都不一样。搬家的心情，说不上高兴，也说不上忧伤，是一种说不清的独特滋味。

　　也可能，对于搬家，我已经失去了感觉。

　　搬家公司的小伙子把沉重的纸箱利落地扛上肩头。这是一个我和弟弟合起来推一下都费劲的纸箱，而轻松摆弄它的人比我瘦小很多。我跟弟弟说："没想到这个小伙子瘦瘦矮矮的，却能有那么大的劲儿。"这话被那年轻人的同伴听到了，插嘴说："这不是劲大劲小的问题，我们是专业搬家的，不一样。"

我恍然明白了。是的，现在搬家也是个专业了。在这个年代里，许多过去想象不到的事情，都变成了一个专业，一个行当，一个可以被用来获得收益、养家糊口的职业。在今天，社会越来越多元，人生的风景也越来越多样，干什么的人都有，怎么活的人也都有。在今天，专业和不专业，就是不一样，即便是搬家。

仔细想想，在并不算太遥远的过去，连搬家公司都没有。那年代虽不遥远，却有恍若隔世的感觉。猛一回头，可能会有深深的疑问，我们生活的世界是怎么变成今天这个样子的。

这是我经历的第七次搬家了。经过这七次搬家，我从一个记事还模糊的学龄前儿童，变成了一个中年人。如果说前半生是在搬家中度过的，似乎是夸张了，但搬家的确成了一个人成长的线索。在搬家中，你可以发现，你居住的小环境变了；你生活的大环境，整个国家和社会，变化得更加让你目瞪口呆。

二

第一次搬家，我是 3 岁还是 4 岁，记不清了。那其实是一次距离极短的挪动。在同一个筒子楼里，我家从一个房间挪动到斜对面另一个更大的房间里去。是什么人帮我们搬的家，我也记不清了。那个时候，搬的东西不会多，距离也不算远，所以也用不了几个人。

但这次搬家有我印象鲜明的参与。父亲的同事送我一辆小童车，在父亲要把它提起来时，遭到了我的反对。我说："我自己骑过去就行。"父亲笑了一下："好，让你也为搬家做点儿贡献。"

我在自己威风凛凛的想象中，跨着"坐骑"进了新家的大门，父亲在一边仔细照看，以防我摔倒。在这个家里，我一直生活到小学五年级。

在那个年代，有一辆童车的我已经算个幸福的孩子了。不过，我还是更喜欢到外公家里去玩，不仅因为外公外婆疼爱我，还在于那里有两样我最喜爱的设施，一个是阳台，一个是卫生间。在家里，而且是楼上，能直接进入一个露天的环境，这让幼小的我觉得很神奇。另外，不用出家门便能上厕所，也简直是奢侈。在我们家，上厕所必须要出门，还要下楼。我学着父母的用词，说外公家比我们家"高级"，引来了大人们的一阵大笑。

在漫长的童年还没结束的时候，我也搬进了这种"高级"的家。那次搬家不仅下了楼，而且换到了另一个相隔很远的家属院。小学五年级的我这次出了更多的力。当然还是不能成为搬家的主力，来帮我们搬家的人包括舅舅等亲戚、父母的同事、朋友、学生，等等。搬到新家后，母亲站在一堆还没有收拾好的杂乱的物品中间，不但不显疲惫，反而兴致勃勃。她冲着所有帮忙搬家的人说，这房子南北两面都有窗户，能透气，真好。

我现在知道，母亲当时对大家说这样的话，是因为搬家的人都是自己人，可以把好心情分享一下。如果像今天我搬家一样，找搬家公司，就没这个必要了。

虽然我不懂南北透气为什么好，但知道这也算新家的"高级"之处。不久后，又一个"高级"来临了。父亲的单位在卫生间里装置了洗澡设备，每星期一天，单位锅炉房会烧放热水，供职工在家洗澡。在此之前，我们洗澡都是由父亲带着去公共浴室。这第二次搬家，对生活水平的改变确实是全方位的。

第三次搬家，在我初二期末考试那天。我考完试，迎来了假期和又一个新家。新家跟前面那个家一样，也是"南北透气"，另外还多了一间房。不过最令我新鲜的，是地面铺上了一种奇怪的东西，上面有好看的花纹。我用手一摸，感觉很光滑。

母亲说："这是地板革，比直接上水泥的地干净、舒服。"

干净舒服程度的不断提高，是我每周末从学校回家的鲜明感受。其中一次，我发现家里出现了一台很大（当然是那个年代的标准）的电视机，画面是五颜六色的。这是我第一次看到彩电。后来我了解到，那时是我们那个城市黑白电视机换彩电的第一次浪潮，邻居和同学家里也和我家一样。

由于彩电，这次搬家在我的印象里，是彩色的。

三

我的七次搬家经历中的前三次，都是父母在搬家。大学毕业后，我第一次自己搬了家，从原来那个城市搬到另一个更大的城市。这次搬家距离够远，相隔千里，东西却也够少，仅仅是一卷铺盖、几箱生活用品和书。我其实不仅是在搬家，更是从父母的荫庇下走出来，自立门户了。

这次搬家，我到了一个更繁华、更发达的城市，可"家"的水准却迅速下降。我住的宿舍是单位租的平房旅馆。在这里上厕所也要出门，和小时候的筒子楼不同的是不用下楼。洗澡要去公共浴室，做饭也要去公共厨房。这样，在社会财富更充裕的时代，我的生活环境却急剧降低到儿时的水平，原因就是我一个人来到了一个陌生的城市。更奇怪的是，这种降低不仅是我自愿承受的，而且没让我情绪低落，反而信心十足。我从这种经历里悟到了一个道理：在改变一个人的处境方面，时间的推移和空间的转换同样具有强烈的效果。

不久后，我又搬家了，搬进了设施一应俱全的单元房，离单位却比平房宿舍远了很多。即便这样，我和同事们也都宁愿选择前者。这次搬家让我重新过上了不用出门上厕所，可以在家洗澡的生活，却依然没有一个完全属于自己的独立空间。原因是我们这些单身的年轻人只能两人住进一套两居室的房子，仍然算是集体宿舍。

我的又一次搬家不是我自己的原因，是同屋的同事要结婚了。我跟同事相处融洽，但看得出来，他非常希望我搬走。单位因为照顾他结婚，决定把我们同住的房子分给他，我搬到另一套房里去。此时，搬家公司出现了很多年，但我还是依靠同事和朋友搬了家，原因一是地方近，二是东西少。

　　我搬进去的房子此后没有别的同事再进来，后来单位直接把它分给了我，又卖给了我，它成为我成人后第一个真正属于自己的家。在我经历的前六次搬家里，无论是父母，还是我自己，基本上都是搬进单位分配的宿舍和住房。其实在这些年里，买房子渐渐成了城市居民建立新家的途径，买了房子的人，有了一个曾经新鲜过的称呼，叫"业主"。

　　虽然有了单位的房子，我还是不可避免地当上了"业主"，原因之一是我所在的城市房价飙升，如果不买，以后就可能会在房子上吃大亏。在我和父母一起搬家的年代，绝对想不到一个新家还会跟这样的因素关联起来。我买的商品房比单位的房子大，也更漂亮，但从当上业主起，我就平添了原来不会有的、跟房子相关的种种烦恼，我和其他业主甚至可能会跟开发商对簿公堂。我不知道这样的搬家除了是进步外，算不算也是一种退步。

　　在我工作之后，父母又搬过两次家，在外地的我当然没有帮上什么忙。我回家进入父母新的、更大的房子里，天上、地下都是远离了过去年代的材料和家具，但我却没有了当年第一次摸到地板革的兴奋和触动。我问父母，他们请没请搬家公司。

　　母亲说："想过，但你爸和你舅舅都说，还是自己搬吧，虽然累一点，但好像亲手创造了一个新家，跟过去的感觉一样。"

　　望着母亲额角的白发，我明白：我和她一样，都忘不了过去的感觉，过去的家。

我该拿什么偿还

◎ 虹　珊

一

是个盛夏的中午，我正在吃盒饭，一根土豆丝还举在半空中，电话突然响了。那头是个低沉的声音："爹爹突发脑血栓，正在去医院的路上！"

我僵住了。那么一个和善的老人，怎么说病就病了？

公公认识几个有限的字，还经常有意识地运用一些书面语，把位于胶东半岛的那个后中村的方言说成足以让我听懂的"普通话"。就凭这些，在他66岁那年的11月中旬，他决定辗转两千公里，来看他6个月大的孙子。

他从第一天的清晨出发，坐汽车，转火车，经山东，越河南，总算踏上了北京开往我居住的这个城市的列车，最后，在第三天清晨抵达了我们的家。

当我裹着厚厚的棉袄打开门时，热气正从他满是皱纹的额头上袅袅升起——他背着一个极大的包，身子严重地向左倾斜着。在包被卸下的刹那，他瘦小的身躯微微晃了几下。

在打开那个大包时，他虚掩上了书房的门。约莫十分钟后，他走出来，对我说，嫚，你去拾掇拾掇。推开门，我爱吃的糯小米糕装在一个大大的透明食品盒里，就放在书桌上。地上也堆了一堆东西：花生油，花生米，风干的海虾、鳗鱼、海蟹……除了这些，还有给儿子的玩具和两套小衣服。

二

第一次吃糯小米糕，是在 1996 年的春节。当时，我盘着腿，坐在温暖的炕上，虎狼般地吞吃着两块黄灿灿的糯小米糕。吃完了，我抬起一直深埋的头，这才发现公公婆婆的嘴都张成了"O"形。他们目不转睛地盯着我，见我望过去，婆婆赶紧收回了目光，说，哦，哦，喜欢吃这个啊，再去买，再去买。

公公一边忙不迭地点头，一边轻捷地溜下炕，顺手取下挂在墙上的布袋出了门。婆婆拉过我的手，摩挲着，嘴里不断重复着，嫚，嫚……严重的支气管炎使她的喉咙发出呼噜呼噜的声音。我明白了，他们以为已经获得了"芝麻开门"的符语，可以用糯小米糕壮实我日渐消瘦的身体了。

从那时起，他们变得轻松了，吃饭时不再总是催促我搛这夹那。他们笑呵呵地望着我，却用后中村的方言对夫说，这样才能生孩子呢。

那时，生孩子还是个遥远的话题。我斜倚在炕上，盖着婆婆一针一线缝制的大红鸳鸯被，对另一头靠着墙的婆婆说，从下个月开始，我们会按月给你们寄钱的，你们尽管吃尽管穿吧。我想说，你们老了，连最小的儿子都成家了，该享受享受了；我想说，你们种了一辈子地，吃了一辈子馒头和红薯，也该买点儿大米尝尝，买点儿牛奶喝喝了……可是我把一肚子的话都憋了回去——我的婆婆只是一个劲儿地点着头，流着泪，却连我刚为她买的棉袄也舍不得穿上。

那件黑底蓝碎花的棉袄，她只在刚才穿了一小会儿。在我强行给她套上身之后，她先是转过身子，背对着公公，站定，然后才又扭过头去，嘴角颤动着，含混地说，看，嫚给俺买的衣裳，多好看，多好看！公公吸着用废纸卷成的烟，坐在炕沿儿上，眼睛眯成一条缝，连声说，好看好看！在他竭力控制的响亮笑声里，分明带着花朵初放时的羞涩。

然后，她仍旧穿了那件旧得不能再旧的蓝棉袄，倾斜着身子，左胳膊尽量缩在被子里。

我知道她的胳膊又开始疼了。在我的追问下，她比画着告诉我，棉袄是自己缝的，很多年了，袖子里的棉花已经跑得快没有了。我俯身摸了摸她的棉袄，果然，只有前胸和后背还有薄薄的棉花，两只袖管早已空空如也，只有布贴着布，皱缩着，像冰冷与冰冷的相依，丝毫暖和不了身子。

凛冽的风正猛烈地拍打着窗棂，院子里刚刚晾的衣服已经被冻住，而我的婆婆，她就是穿着这件薄薄的棉袄在这样的天气里去喂鸡喂鸭，去拾掇屋里屋外，去和站在院子里问东问西的我说话……

我决定到超市去买棉袄。公公婆婆坚决地阻止了我，理由是，大过年的，超市都关了门。为了证明，公公说，你看，这糯小米糕还是赶集的时候才买来的。末了又望我一眼，说，还是很卫生的，卖家都用干净塑料袋包好了的。

那个超市据说在距离后中村十多公里外的镇上。在肆虐的北风中，在无人带路的情况下，我退缩了。最终，我从后中村的集市上，挑回了这件灯芯绒棉袄。现在它却安安静静地躺在婆婆身边，与我准备好的一箩筐理由对峙着。

婆婆说，嫚，俺一定穿，一定穿。有你这些话儿，俺就觉得暖和了。她像抚摸我的手一样抚摸着那件棉袄，泪水掉在蓝色的碎花里，像珍珠掉进了大海，眨眼就不见了。

三

儿子 2 岁的时候，一个寒冷的午后，我和婆婆再次抵着足，

半躺在炕上。借着丰富的手势和表情，我们唠着嗑儿，一切仿佛
又回到了 1996 年。

就又说到了吃和穿，我照例滔滔不绝。她苍白的脸上盛满了
笑容，并不多说什么，只是不停地附和着我，好，好，嫚。然后
就把棉袄解开，一件件数给我看，喏，花袄儿，羊毛背心……都
是你们买的。爹爹说了，你们住在好高好高的屋子里，亮堂堂的，
瞧瞧，现在俺孙子也回来了，俺放心哩，就全穿上了，也花钱买
东西吃哩。她的双手从胸口往下划拉了一下，仿佛是把心放到了
一个无比安妥的地方。

一件棉袄，要在箱底宝贝似的放上五年才穿上身，全部的心
愿，就只是为了千里之外的儿子一切都圆满妥帖。

她说，生活多么好啊！嫚，你看，你们头一回来家过年，就
给咱家买了电视机，里面的人儿好看哩，一个个像仙女，还有那
么多树，那么多草，那么多水，花花绿绿的，都是咱这地儿没有
的，俺这一辈子真是知足了……说着说着就下了炕，要去做水煎
包给我和她孙子吃。

等我穿好鞋，追到对面屋子里时，她正在吭哧吭哧地对付一
块比门板小不了多少的面板。面板一头已经靠在炕沿儿上了，另
一头却还在地下，她就弯着瘦瘦的腰，揪住它的两侧往炕上掀。
我担心她会被面板扑倒，就扯开她。她笑了，小声地说，嫚，放
心啦，平时俺不用它，你是不知道啊，水煎包好吃呢，可惜你每
次来家里，都待不了两天，今天咱就做顿水煎包吃。

水煎包下锅前，她放了半壶花生油。油在锅里翻滚着，整个

屋子都浸在香气里。她却咳得眼泪四溅，咳得头和脚要碰在一起了。我把她往门外推，要她把剩下的事情交给我，她却左手捂着胸，右手猛烈地向我挥动着。

她用湿毛巾捂住鼻子和嘴，继续咳嗽着，让包子下了锅。晚饭时，她没吃水煎包。她躺在炕上，不断地咳嗽。半夜，我被她咳醒了，捂着被子，我无声地流泪。

可就在她所认为的美好生活像老树绽新芽一样蓬勃展现的时候，脑血栓却在一个傍晚无情地袭击了她。在我们吃完水煎包之后的第三个月，她倒下了。

一年后，她重新站了起来。她又开始给我们包牛肉饺子，还给她的孙子煮螃蟹……只要我们回去过年，不老的神话就始终在她的眼里和心里阳光般地闪耀着。

自从婆婆患了脑血栓，两位老人偶尔吃的一点炒菜就改由公公操劳了。握惯了锄把的公公很瞧不上纤细的锅铲。去年春节，在灶台前，我从他手里接过锅铲时，他挠了一下后脑勺，黑红的脸上满是歉意的笑，说，滑溜溜的，还真不是男人干的活哩。

现在，他也倒下去了，而且比婆婆更严重。至今，他的半个身子仍然毫无知觉，只能成天躺在炕上。住院期间，他每天都要问，今天俺的小老四儿（我的丈夫）来过电话没有。当他知道他的小老四儿寄了多少多少钱回去后，他哭了。二哥说，爹爹用右手把病床捶得哐哐响，哭得眼泪鼻涕到处都是，说都是他连累了儿子媳妇，害得你们不安生。

俺还没见过爹爹这么哭过。二哥在电话那头说。

我们寄钱寄药，在矛盾中煎熬，不停地祈祷……我们企图用忙碌掩饰未能探视的缺憾，妄求用物质填补内心深处的愧疚。

我是多么希望2008年的春节快点到来！也许，到了那时，公公就会一如既往地把许多的冰糖葫芦藏在背后，然后一支一支亮给我，笑吟吟地说，嫚，葫芦来啦！

即便不能，我也可以和夫一道，搀着他，一起赶个集，买回许多的冰糖葫芦，再一支一支亮给婆婆，响亮地说，妈，葫芦来啦！

生活总是那么忙，
琐事雪片一般乱纷纷，
谁记得清？

岁月如此多娇 /

一个，两个，三个

◎ 许冬林

一个人。

一个人的时光是漫长的，她用来削长长的苹果皮。

那时候，正值青春，爱情是晚点了的火车，还没有和朝阳一道自远远的东方神圣驶来。每到周末，同寝室的女孩子羞答答地被男孩子邀去了，看电影，散场后还相对吃一碗热气腾腾的馄饨。只留下她一个人，空落落地守着寝室。某日，吃苹果削皮的时候，她忽然不想很快削完。削完了干什么呢？她放下方便好用的刨子，拿起了水果刀。一圈一圈地削皮，苹果在左手的拇指和中指间转，苹果皮潮凉潮凉的，从右手指间垂落下来。

起先，削下的皮又宽又厚，还常常断。她急了点。后来，心磨得定了，也掌握了技巧，削下的皮窄而整齐，厚薄均匀，不断，像用韵工整的歌行体长诗，悠长悠长的。她常捏着在窗口的晚风里荡，比量着，寂寞是不是和它一般长。

后来他来了。他一来就给她拎来大半袋子红艳的苹果，她那么爱着薄凉而潮湿的甜。

所谓恋爱，就是再笨拙再卑微的女孩子，都得了一个可以恃宠撒娇的契机。她也是。她枕着他的腿，一半甜蜜一半嘲笑地看他削苹果喂给她吃。他的刀法不是很好，手指上沾了许多苹果的皮和肉的碎末，但削得认真，虔诚得近似上供，她吃得情意绵绵。对于女人，幸福有时候就是简单通俗到找到一个安心给自己削苹果的男人吧。

结婚后，很是奢侈地享受了两年的二人世界。晚上，坐在沙发上看电视，自然是他削苹果，刀光剑影，已经身手敏捷，看着一根薄薄的"果皮带"从指缝里溜出来，他竟有了一点成就感。削好后，他将外面一圈切下给她，她伸手接过来，眼睛没离开电视机。她躺在沙发上吃，脚丫子搭在他的脚丫子上，偶尔随着电视剧的剧情起伏抖两下。他们共享一个苹果，她吃肉，他啃核。冬天，他怕苹果凉了，于是把苹果肉切成丁，放在杯子里，灌上开水，附上竹签，让她趁热戳了吃。最后的几块，在开水里泡的时间长了，不够脆，也失了味，是他吃。

孩子出生后，她才发现，女王是做不了一辈子的。

晚上，她坐在电脑前敲字，心急赶稿子。5岁的儿子磕磕绊绊捧来一个大苹果，说，妈妈，我想吃！她一阵心疼，赶忙找来刨子，削好皮，然后切下两大片苹果肉，给小家伙。小家伙一只手举着一块，蹦跳着离开。她看看削去了两面"苹果月"后剩下的"苹果饼"，还有肉，没舍得扔，拿起来边敲边啃。这次，儿子吃肉，她啃核，在核边啃到了点点的甜。

老公参加朋友聚会，不肯丢下当年的江湖豪气，喝多了，回家后躺在她身边，耍赖不肯去洗澡。她摸摸他的脸，烫得很，便削了一个苹果，切下两面"苹果月"，给他，自己再次消受那"苹果饼"。也有时候，他没有应酬，回家早，她和儿子在灯下看书，儿子嚷着吃东西。于是，他削了两个来，一样的切法，盛在白瓷的小碟子里，端来。只是，是她和儿子吃"苹果月"，他啃那更薄更瘦的"苹果饼"，津津有味。

也不知道从什么时候起，她发现，每次吃苹果，基本都是三个人。三个人吃两个苹果，吃"月"的一定是儿子，吃"饼"的一定是他，或她。但是，也搞不清楚，两个人谁吃"饼"更多些。生活总是那么忙，琐事雪片一般乱纷纷，谁记得清？

转眼，儿子上了高中，离家在外读书。她不用给儿子削苹果了，家里的苹果竟然常常忘了吃，以至于烂掉。她发现，自己好像不是那么想吃苹果的，或者，根本就已经吃不掉一个完整的苹果了。伺候儿子的这些年，每次都是弄苹果给儿子吃时，自己才顺带着吃一点，吃三分之一个苹果似乎已经成了她的生活习惯。于是，偶尔心血来潮一般，他和她，相对再次共享一个苹果。只是，不是从前那样一个吃外面的肉，一个啃里面的核，而是从中间轻轻掰开，一人一个"半月"。各吃一半的肉，啃一半的核。甜和苦，都在享受，都在担负。

即便如此，两人共享一个苹果的时候依然很少。中年了，他是单位里的中层干部，承上启下，忙到麻将也偶尔成了工作。已不年少，可是又还未及垂老，哪里会恋着巢穴之暖！中年的男人，坐在时间的马背上，总像成吉思汗，只爱着一路扬鞭策马朝远方，图的是幅员辽阔带来的生动，至于后方如何的荒草萋萋，是无暇顾及的。儿子已经上大学，朋友有如孙悟空的毫毛一般多，连放假都懒得回家。那就一个人吃苹果吧，转了一个圈，最后，还是一个人吃苹果。

像从前，不用刨子，用刀，她不想很快削完。削完了干什么呢？长发挽起，在宽敞寂静的房子里，削薄薄的皮。只是，皮常常断，东一截西一截的，横竖散乱在茶几上，像猜不透的字谜。

记得

◎ 韩昌盛

　　经常接到电话："老师，你好！"一般是我正在改作业，或者在看书，或者在吃饭，我会很直接地问："你好，哪位？"

　　答案惊人地相似："老师，你猜猜吧！"男生是得意的笑，女生则带着一丝撒娇的味道。

　　因为接过无数次这样的电话，我的经验已比较丰富。我会让他们划定一个范围，哪一年毕业的，现在在哪个城市上学或者打工，慢慢地，对方就露出了蛛丝马迹。比如一个男生看我猜不出来，就提醒说帮我搬过家。我马上想起唯一的一次搬家，喊了五六个男生。于是我说："那天多亏你们，天那么热，连杯水都没喝。"他得意地笑了："老师，你错了，那天我不仅喝了水，还喝饮料了。"这时，我准确地说出了他的名字，能明显感到对方的惊喜，"老师，你真能记住？"我也很得意："因为那天有 4 个人吃了棒冰，棒冰不够，只有你一个人喝饮料。"

于是，在获得了欣慰的满足之后，他们无一例外地带着欣喜与我一起回忆。教室里的点点滴滴在回忆中被放大，逐渐清晰、定格，在脑海里复原成珍贵的纪录片。

可也有牙关很紧的学生，执意叫我猜，又不透露任何哪怕微小的信息。一个女生，口音很重，在我说了三遍猜不出之后，她有些失望，咕哝了一句："谁让我只跟着你上了一年。"其他几个考虑对象马上被排除在外，我知道她是谁了。

"老师早就知道了，你在徐州吗？"

电话那头不吭声，我知道我猜对了。

"你跟你原来的父母在一起吗？"我知道她的情况，过继给大姨家，跟着我上了一年。

电话里依然没有声音。估计她在纳闷。

"你走的时候，还有 3 本暑假作业没有领，我叫人带去，应该收到了吧？"想到她，就想起了她走时的情景，还有崭新的暑假作业本。那边终于说话了："谢谢你，老师。7 年了，我以为学生太多，你已经忘了我。"

我终于松了口气，笑了。每一次记忆都会以这样的方式被激活，每一张熟悉的面孔和面容背后的琐碎就真实地浮现出来，从晨跑到上课时的提问，连同他们的争吵与快乐——我当然一一知晓。仿佛走在路上，没有太阳，也没有月亮，但我知道，肯定有星星与我同行。

他们就是一颗颗明亮的星星，时刻与我同行，我又怎么会忘记？所以我会准确地说出一个胖胖的女生写的一篇满分作文《我很胖，可是我很可爱》；会讲出一个孤僻的男生与我的一次谈心，在教室门前的乒乓球台边；有时我会向一个学生道歉，说当年对他的批评太重了；也会和一个留着长长头发的女孩子开玩笑，早知你考上了这么好的大学，当初就该多揪你两次耳朵。于是，每一个在心里考虑很久、想前想后才会拿起电话的学生都获得了满足，他们在老师的心中，没有被忘记，反而异常清晰地刻下了影子，连同细节，都那样真实。

我也会获得满足，从学生那儿。他们给我描述天南海北的风景，绘声绘色地汇报自己的生活。

我还会获得满足，从母亲那儿，像我的学生一样，知晓我所不曾知道的东西。比如生日，母亲就说："你生下来那天，离八月十五还有将近一个月。"我就问："具体哪一天？"母亲摇摇头："又没有日历，但那天逢集。"

我知道黄圩集是农历一、四、六、九，马上排除了剩下的日子。母亲想了想又说："那天生产队正在锄地。"

我摇摇头，锄地与农历没有关系。母亲恍然大悟似的说："我想起来了，七月十五给你外婆烧过纸，才隔三四天就生下你。"

我在日历上重重地写下了"七月十九"。我是幸运的，母亲记住了许多细节，至关重要的细节，因此我才会知道我的生日。

母亲说，要是识字就好了，找一张当天的报纸就记住了。但母亲用不着文字，就记下了我许许多多的往事。

她说我两岁时被一头羊撞倒在地，她抱着我跑到医院。她说那天下着小雨，晚上还睡在防震棚里。

她说我三岁时生病，她就用背带背着我到一个老中医那儿看病，和我父亲轮流背。她能清楚地数出沿途 20 公里的村庄、河流跟桥梁。因为她说去过不止一次。

她说我四岁半时被一块砖头砸伤，眼角处缝了 3 针，后来吃了一根油条就不哭了。她清楚地记得那根油条是冰凉的，因为那天不逢集，是从摊主家里找出来的唯一一根油条。

有时，在暖暖的阳光下，母亲还能记住一些时间。比如我头一次抽签，那是生产队分队时，我抽到了两棵树。母亲说那年你刚上学，7 岁，那两棵树砍了做锄柄正合适。还有 1980 年小妹过满月时，村里正好放电影，是《喜盈门》。母亲很得意地记住了1980 年，仿佛一次胜利，历经千辛万苦的胜利，当然充满喜悦。

母亲还会说起许多往事，弟弟的，妹妹的，和我们这个小家庭有关的大大小小的事。小到我第一次拿奖状，她正背着一筐草从田里归来，在屋后面的塘边，她拿起奖状看了一遍又一遍。说到这里，她有些不好意思："拿倒了，还是你告诉我的。"

我看着母亲，她还在絮絮叨叨。我突然想起，每一次回忆是否都是一种留恋，留恋多年儿女绕膝欢如燕雀的日子。而我所能做的，只是两三个星期回来一次，听她复述一些往事，让岁月在往事中沉淀，在沉淀中悄悄升腾。

于是，我开始更多地回家，带着女儿。女儿喜欢缠着奶奶，问我小时候的事，一些笑话，一些错误，然后回头质问我。女儿一遍又一遍讲述着我小时候吃药的情形，如何将治口疮的药吹到母亲的嘴里，模仿着我在羊群中爬行的样子……憨笑、大笑之后又问我她有没有这样的经历。我和妻都笑了，有，肯定有，有许多次。

当然，女儿就缠着我们讲她小时候的事。我只好慢慢地讲，往事一件件从记忆中浮现出来，清清楚楚的，一点都不模糊。

讲着讲着，女儿笑了，甜甜地笑，笑她小时候的趣事和那些可爱的错误。像许多打电话来的学生，叫嚷着不让我再提他们当年的错误，却又心甘情愿地听下去。

因为，我是他们记忆的守望者。将一天天的日子装进一个坛子，将一件件往事放进去，闭着眼睛，听一些欢笑和泪水在里面发酵；睁开眼睛，能嗅到清新的气息和淡淡的味道，我不曾添加任何佐料。生活，拒绝粉饰；往事，远离喧嚣。

这个坛子，叫心灵。母亲有一个，我有一个，女儿，还有我的学生，每个人都有一个。记得一些往事，装进去，慢慢地，心灵便充满了温馨和感动。

还有成长的痕迹。

对于她们，

八千里路，红尘相逐，我只是过客；

可对于爱情，一刻即永恒。

岁月如此多娇 /

只为与你相遇

◎ 杨　暖

　　机场出口，他蹬着两条长腿不停地向里面张望。捧一大束红玫瑰，很明显，是在等待他的爱人。飞机晚点，我坐在那里，看他神情专注又紧张的样子，不禁莞尔。半小时后，再回头，他正和一长发女孩拥抱。女孩刚下飞机，他就站在喧闹的出口处，将女友不管不顾地抱在怀里。也许是过于激动了，差不多将娇小的女友整个抱了起来，高跟鞋都不着地了，久久不松手。待两人站定，女孩哭了。她抱着那束红玫瑰，撒娇般捶了他两下，哭得梨花带雨。

　　后来，我坐在飞机上，万米高空，看洁白的云朵托起一侧的机翼，不由感怀。刚才的情景，使我心里涌起一股极干净的情愫。我看见了爱情最初纯美的模样。若干年后，不管爱情依然拥有还是已经远走，最让人念念不忘的，一定是那巨大的带给人眩晕感的幸福。

　　我是在九寨天堂的民俗街上遇到她的。

　　她有白瓷样的肤色，是那种五官极美的女子。小店就在巷口，她鲜艳的披肩很惹眼。走过去了，却没好意思进——店门口，她坐在一男子大腿上，低头私语。天气很冷，阳光照着才有一丝丝热度。而她，就坐在门口那一小块阳光地里，被揽着腰，亲昵得投入，毫无顾忌。足足5分钟，她才看见我，笑笑起身。她店里的围巾花色很别致，我买了两条，回宾馆同伴也相中了，央我第二天同去。再去时，别人家店里人来客往，她的店却锁了门。隔壁的老板指着前面的水磨坊说，八成去唱歌了。后来才知道，她原是外地的导游，带团时遇到了他，一个很会唱歌的藏族男子，遂投奔了来，天天与他守在一起。开个小店，又不怎么经营，兴致一来就关了门去唱歌。

　　不多时，她牵着那藏族男子的手走回来，她对着他说话，眼神炽烈。那种爱他到骨子里的眼神，至今令我难忘。后来，我常想起这女子和她炽烈的眼神。我一点儿都不为她的私奔感到惊奇。女人一生该有一回热烈的燃烧，抵死缠绵过，以后的日子再平淡，爱情也圆满了。

　　她60岁，他70岁。年初去旅行，这对夫妇是年龄最大的团友。高高大大的他，蓝眼睛白皮肤。她鹤发红装，跟在他身后，似小鸟依着一座山。车上聊天得知，他是美国一所大学的教授，孩子们都成家了，她决定随他到美国定居，临走又舍不得，就四处看看祖国的山河风景。

一路行来，九乡，石林，苍山，洱海。在严家大院，喝白族三道茶，她拉着他和白族姑娘们载歌载舞。登丽江玉龙雪山，越往上爬，氧气越稀薄，他和她却执意要上山。坐着缆车往3000多米的牦牛屏上爬，眼前是草坪、雪山、牦牛，风吹到脸上，生疼。他用一条大红的披肩挡风，紧紧地把她裹在自己怀里。我坐后面缆车，看前方一团大红，真觉得那是一对热恋中的小情侣。然而，又不同，她和他是执子之手，与子偕老了。相濡以沫的情爱融入了生命中，哪怕只是轻轻握手，都含了温暖深情。

这三个女子我不认识，她们亦不认识我。我只是从她们爱情的近旁打马走过，而我又足够幸运，在爱情最美最饱满的瞬间，连路过都已觉惊心动魄。

爱的路途那么远，也有泥滩和碎石，不可能处处好风景，就像女人的一生，不可能全是惊心动魄的小说，也不大可能都是诗情画意的诗歌，大多时候像散文。生活不能时空穿梭，专拣精彩圆满的过，爱情亦不可能都圆满。或许，人们渴望爱神降临，就是喜欢他能将尘世平实的生活酝酿成一个个圆满动人的瞬间。这一个个瞬间，是人间的大温暖，也是女人的大欢喜。

我路过她们的爱情。对于她们，八千里路，红尘相逐，我只是过客；可对于爱情，一刻即永恒。

我路过并见证了那一刻的永恒，也忍不住与爱情相爱，心生欢喜。这于我而言，也算是大圆满了吧。请允许我双手合十，念一首情诗来祝福所有相爱的人："你见，或者不见我，我就在那

里。不悲不喜。你念，或者不念我，情就在那里。不来不去。你
爱，或者不爱我，爱就在那里。不增不减。你跟，或者不跟我，
我的手就在你手里。不舍不弃。来我的怀里，或者让我住进你的
心里。默然相爱，寂静欢喜。"

拍一部母亲的 DV

◎ 曾小亮

当我们不在母亲身边时，有没有了解过母亲真实的生活？

母亲的晚年生活

自从父亲去世后，母亲就一个人孤独地生活在故乡那套一百多平方米的大房子里。房子很大，更衬托出她一个人的寂寞。经常，在那些夏天的午后，她看着电视，蜷缩在沙发的一角午睡。有风吹过，听不见任何声音，那种安静让人心慌。

她老了。我从电视上看到很多西方老人独自看夕阳，享受孤独，但中国的老人，似乎非常害怕晚年的寂寞。

可是又有什么办法呢？她把 4 个儿女养育长大，他们都各自成家立业了。虽然古话说"父母在，不远游"，但是今天有几个儿女守候在父母身边？哥哥在广东，我在北京，两个姐姐也是天各一方。大多数时候，只有她一个人守着大房子，还有一只猫，过着让人心慌的安静的日子。

有一次，那只陪伴她多年的猫挠了邻居家的小孩子，结果孩子得了破伤风，送到医院打针才好。她非常忐忑不安。她一生害怕惹事，更害怕伤害到别人，结果赶紧把那只猫送给了别人，不敢养了。

以前，还有那只猫陪伴的时候，母亲夏日午睡醒来，猫轻轻跑过客厅的声音或者偶尔"喵"的一声叫，还能让她感觉到屋里有动静。现在，猫没有了，我想，那种宁静仿若让她感到自己是这个世界上唯一的生灵。

因此，接听子女的电话，成了她每天重要的兴奋时刻。

为了配合她的作息规律，我们基本上是在傍晚或者午餐的时候给她打电话。但电话再多，能缓解她的寂寞吗？记得看过一个经典的广告片：儿女孙子，轮番匆匆地给年老的母亲打电话，每个人都很忙，只有母亲守着那只猫，像一张时光相片一样，静静地定格在她的生活里。

所以，有很长一段时间，我尽可能地多抽出时间回去看她。有一天早上，我睡在隔壁的屋里，被一阵轻微的噼啪声吵醒，似乎是母亲的动静。我从卧室看过去，那时天还没有亮，母亲在剥篮子里的一些花生，大概是准备早餐时吃的。一弯拂晓前的明月高悬在天空，母亲在月光下的身影让人动容。

我披着衣服走过去，帮她剥花生，责怪她起这么早。她说，人老了，睡眠少了，一个人经常很早就醒来，睡不着的时候，就起来做点什么事情，打发时光。

她还提到她傍晚时分喜欢一个人站在阳台上，看着大街上车流如水的情景。车灯和街灯慢慢地亮了，很多人回家了，但没有人回到她那里。大多数时候，她一个人在那套大房子里静静地生活。

拍一部有关母亲的 DV

我把母亲的孤独和寂寞跟兄弟姐妹们讲了。在家庭会议上，大家沉默不语。做生意的哥哥说，他不明白母亲还有什么不开心的——不缺钱，生活衣食无忧。做子女的做到这个份儿上，已经尽到孝心了。我不知道怎样向他们解释母亲的孤独和寂寞，那是和金钱无关的一种内心感受——它需要设身处地的体悯。

我说，不能指责母亲不会寻开心。她生活在一个小城镇，不能像都市里的老年人一样去上老年大学、去跳舞、去练太极拳，也不能像西方老年人一样去教堂做义工或者背着包满世界旅行。她那个年代的老人，没日没夜地为社会做贡献，搞建设，所以到了老年，一旦闲下来，反倒不会生活了。

她确实不会打发时光，而且最要命的是，时光越是打发着过，就越会感觉到时光的漫长。

以前，她有我们的父亲，那时打发时光最好的办法就是两个人聊天，偶尔拌拌嘴。

　　这样的日子也充满乐趣。但现在父亲不在了，她也是 70 岁的老人了，如果让她重新寻找一个老伴的话，简直艰难得如同发射宇宙飞船登陆火星。

　　我不知道兄弟姐妹们听懂我的话没有。

　　也许，在他们看来，我这个文人过于细腻，把事情搞复杂了。

　　也是在那次家庭会议后，我突然想到，为什么不可以给母亲拍一部家庭 DV 呢？

　　我想用 DV 记录下母亲的日常生活，也许兄弟姐妹们看过后就可以真正从内心理解母亲了。

　　那个夏天，我利用暑假的时间，带着 DV 开始了这样一部作品的制作。拍摄的过程很简单，大部分时间是偷拍，不让母亲发现。我想尽可能地展现她真实的一面，她那没有儿女在身边时的生活细节。

　　是的，真实。当我们不在母亲身边时，有没有了解过母亲真实的生活？

　　我用了二十多天的时间，拍完了这部母亲的时光 DV。在拍这部纪录片的过程中，母亲一个人生活时的许多细节常常让我心疼。她喜欢沙发的一角，夏天的午后，她蜷缩在那里午睡，有时流口水，像个小孩子一样。她经常为不知道吃什么而发愁，虽然做了一桌子菜，但是一个人吃着吃着，就感觉特别没意思。

2009 年的春节，我召集了兄弟姐妹们一起看我拍的有关母亲生活的纪录片。母亲不敢看，用她的话说是"害怕出洋相，拍得太丑"。全家人包括侄儿侄女一起围坐在电视机前看这部片子时，起初大家还有些像看热闹，但片子放了三分之一，大家就开始安静下来了。每个人包括孩子们的脸上都写满了沉思。特别是当我拍到母亲一个人站在黄昏的阳台上，看着大街上的车流的孤独背影时，姐姐开始轻轻啜泣。

那天晚上，哥哥告诉我，看了这部片子，他理解年老的母亲了，觉得她真的太不容易了。

用什么样的方法帮助母亲呢

看日本导演小津安二郎的电影《东京物语》时，我哭了。结尾，年老的母亲去世了，生活在大都市里的儿女们匆匆奔完丧后，全都要回到他们的生活中去了。只有丧偶的父亲，一个人摇着蒲扇，坐在客厅里，听着外面的蝉声。风轻轻地吹过父亲的脸庞，安详、寂寥——以后一个人的漫长的日子该怎么过？

但是，我们又能有什么办法呢？

母亲和父亲，总有一个人会先离开这个世界，剩下另一个人，必然要面对丧偶的寂寞。

以前，四世同堂，父母亲一方去世了，儿女们围绕膝下，还能缓解另一方的孤独。但现在，在全球化的流动时代，中国的儿女们大都为了生活离乡背井，即使有能力把父母带到异乡，但是有几个老人能舍得故土？我听过这样一个故事：一位朋友在北京买了房和车后，便把好不容易供他到大学毕业的父母接到北京享清福，但是父母受不了家家关门闭户、老死不相往来的新型都市社区的孤独感，一心想回家。结果，无论儿女如何劝阻，两个老人都像千方百计要离开的逃兵一样，趁儿女不在家时，偷偷买好车票回到老家。

我相信，当他们经过一路的颠簸，终于感受到故乡的风，看见故乡的小河和金黄的稻浪时，他们的心才有一种返乡的游子般的踏实感。

父母有父母的路，儿女有儿女的路，不能两全其美，只好各走各的。所以，如何缓解父母的孤独，小津安二郎在《东京物语》中也不能给出答案。影片的最后，父亲静静听着风吹过堂屋的声音，时光好像静止了一样。

那是不是全天下丧偶的父母共有的处境？

我们除了体悯，还能为父母做些什么？

"鬼马" 母子

◎ 夏小嫣

妈妈的技能表演

那天，我别出心裁地想给猪八戒做一道"蟹黄烧豆腐"，其实就是咸蛋黄烧豆腐啦。

姜葱切末，咸蛋黄剥出来碾碎备用，我就开始切豆腐了……我小时候就爱看我妈切嫩豆腐，她不在菜板上切，而是稳稳地把豆腐托在手心，用菜刀在上面横几刀、纵几刀，很快就切成整齐的豆腐丁。其间数次，我眼见锋利的刀刃划过她手上的皮肤，但她仍然面不改色、毫发无伤。末了，她把手伸到盘子上方，轻轻一侧，豆腐就滑落进去。我在旁边看得目眩神驰，十分倾倒。想来铁布衫的功夫也不过如此了。

现在，我也是一名家庭主妇了，因此我也要表演一下这项手上切豆腐的伟大技能给猪八戒看看，让他打心眼儿里崇拜我一下。

我叫猪八戒过来。他听出我语气里的兴奋劲儿，扔了玩具好奇地跑来，盯着我手掌上的嫩豆腐，皱皱眉，问："你要干什么？"

我矜持地不答话，拿起菜刀就开始在手上表演切豆腐，简直气定神闲举重若轻，几个回合以后，豆腐被我切成均匀的小方块。然后我学着我妈的样子，把豆腐倒进盘子里，擦擦手，微笑着低头问猪八戒："怎么样？"

猪八戒费解地看着我："嗯？"

我不得不提点他："刚才妈妈在手上切豆腐啊！"

猪八戒点点头，仍旧看着我。

我耐着性子亲切地提醒他："妈妈在手上切豆腐，你没看出来点什么吗？"

猪八戒稍事考虑，露出一副恍然大悟的表情："看出来了！看出来了！"

我微笑等待："看出什么了？"

"我看出来了，你把豆腐放在手上，很不讲卫生。"

打麻将

百无聊赖地坐在沙发上看电视，某台有个胎教讲座，一个慈祥的大妈向电视机前的准妈妈们介绍一些怀孕期间的注意事项，还讲述了胎儿在肚子里是如何跟母亲互动的。

作为一个 5 岁孩子的妈妈，我再看这些画面，完全有种忆苦思甜的快感，简直得意洋洋。我一边看电视，一边看着高大伟岸、忙忙碌碌的猪八戒，十分有成就感。

看了一阵，电视里说到胎儿在妈妈肚子里也是有自己的娱乐活动的，比如吮吸手指、抓脐带、吞咽羊水等。我好奇心起，问猪八戒："你在妈妈肚子里面的那些事情，还记得吗？"

猪八戒正在安装他的积木汽车，对我的问题置若罔闻。

我拉拉他的衣袖，继续问："你在妈妈肚子里都玩什么，还记得吗？"

猪八戒随口回答："记得呀！我在里面游泳。"

我很兴奋地追问："哦？那就对了！还有呢？"

猪八戒有点不耐烦，但还是回答我："好像……没有了……"

我不甘心："再想想，除了游泳，你还玩什么了？"然后又循循善诱地说："比如别的好玩的啊，吃手指有没有？"

猪八戒严肃地说："吃手指没有，但是我有打麻将。"

生命这样短，世界精彩又无奈，
谁没有一两件心事？
还好，夜里总有一两家小馆子亮着温暖的灯。

岁月如此多娇 /

令人怀念的小馆子

◎ 威灵仙

　　我是个爱吃的人，不知道怎么办的时候，便默默地去吃一顿，胃里满足后，手脚就有了新力量。我有我的理论：饿肚子时和吃饱饭后的世界观、人生观是不一样的。而最利于发展世界观和人生观的地方，莫过于那些小馆子。最令人怀念的也是那些小馆子。

　　上大学的前两年，基本上混熟了学校附近的小馆子。到现在仍然记得东门胡同里那家东北菜馆的红烧日本豆腐和干煸豆角，8块钱一份，真正味美量足。老板娘五十多岁，爽朗又利落，一张巧嘴，又爱笑，手脚勤快，永远生气勃勃。秋天的黄昏和朋友一道去，还没进门就被她搭住胳膊，指着我脚上的船鞋说："姑娘，这样可不行，天冷了，脚上一定得暖和，要不然回头会生病的，可不能光图好看。""要不然"的"然"字带着浓重的东北口音。临出门又是同样一番话，热情得过于直率，像是对待自己的姑娘一般，却并不惹人厌烦。

她家有一道菜，名字极好玩，叫"勾魂媳妇"，用五花肉切成薄片，加花生和红辣椒爆炒，花生脆，肉极香，辣椒并不辣，只是一味脆与香。满盘红艳艳，热闹也热闹得俏。多年后，菜的滋味大都忘得差不多了，只是一想到"媳妇"总忍不住想到那老板娘，似乎她便代表着世俗生活的热闹与俏丽。

也就是在那段时间，我大约把我这辈子的拔丝地瓜都吃完了。一起吃饭的朋友最爱这道菜，每餐必点。于是我们便常常一边扯着细长透亮的丝，一边抱怨种种的不如意，有时候是学习上的，更多的是感情上的，似乎种种都是过不去的坎儿，苦恼极了，可是香甜的拔丝地瓜还照旧吃得。

其实那时并不怎么快乐。夏天的夜里，时常走很远的路去吃一顿饭。细细打扮起来，穿了好看的鞋子，却总是走在沙地上。下过雨的夜，燥热的暑气压在湿气下只令人更加不安，像压抑的青春和狂想。小馆子脏而乱，下了班的公交车司机坐满了周围的桌子，豁了口的大汤碗热气腾腾地端上来，男人们高声与服务员开着玩笑。一切像极了港台片中的镜头，我时常疑心他们中的某个人会突然掀翻桌子，然后展开一场火并。然而没有，他们只是疲倦而坦然地享受着他们的生活，也诧异而惊奇地观望着我的。并没有什么好吃的菜，汤也油腻不合胃口。回去的路仍然远，曲曲折折的小巷子到处是水坑和沙土，然而我却留恋到不行，宁愿走慢一点，再慢一点。到底还是走了出来，上了大街，一片令人不能适应的热闹与辉煌。

夏天的时候，烤串也很好。小城里有一种自助式的，摊子摆在树荫下，铁架和炭火就支在桌子上，剥着毛豆角和盐水花生，看细细的烟气腾起，闻着越来越浓的鸡翅香味……不知多少个黄昏就这样消磨过去。捧着圆滚滚的肚子往回走，一边担忧着将来的肥肉，一边打着饱嗝，头顶的杨树叶子哗啦啦响，一下子时光就成了过去时。

离开故乡，所有的分离都经过了争吵哭泣和决绝的铺垫，然后越走越远，在一个坚硬而陌生的地方慢慢扎下自己的根须。

三联书店后面有一个小小的云南馆子，那是到北京第二年之后常去的地方。冬天的夜纯是干冷，没什么风，一切都灰扑扑的，干净极了，也安静极了。这种时候最好捧一袋糖炒栗子，找个小小的馆子，喝那么一两杯小酒。云南馆子有一种好喝的米酒，冰过之后清凉甘甜，配热腾腾的鱼刚刚好。更妙的是，店主不炒菜的时候还会主动抱一把吉他在桌子边唱歌，唱完之后随手又把吉他递给吃饭的人："你来！"似乎我们只是到他家跟他一起玩一样，愉快而坦诚。

有一回吃完饭要走，正赶上他有朋友来，非拉着我们不让走，说是彝族新年，一年最热闹的时候，一定要多坐一会儿。酒喝到半夜，对面圆圆脸的男生抱起吉他唱歌："时光一去永不回，往事只能回味……"我这才知道原来还有这样美的声音，温柔又有力，疲倦又执拗。一切都舍不得放手，又似乎一切都漫不经心。他淡

淡地唱着，没有人问他想起了谁，唱完后递过一瓶酒，大家继续
往下唱。

又两年过去了，那一晚温柔的声音，始终令人无限依恋。

疲惫的秋夜，一个人在住所附近的小馆子吃烤串，堆了半桌
的鸡骨头。有人推门进来，一个壮而胖的中年人，戴一顶巴拿马
帽，穿着仿旧的美式飞行员皮夹克，抱一把独奏吉他。"点一首歌
吧，点首老歌？"他像开玩笑一样问。

"《往事只能回味》吧。"

"时光一去永不回，往事只能回味……"唱得用力极了，可是
太卖力了，耀技的成分居多，不见一点真心。我失望极了，却也
只好默默听完，也不知道是不是该给他钱，窘极了。只好转身去
跟老板要了瓶啤酒，冲他扬扬手，将啤酒放在桌角："请你的。"
然后便出了门。

还没来得及走很远，又听到身后的歌声："外面的世界很精
彩，外面的世界很无奈……"没有任何花哨，就那样随随便便唱
了，却妥帖而自然。啊，他看出我不喜欢前一首。在门外听了半
晌，并不想再回店里，就在歌声里回家去。秋夜的风真是凉啊！
生命这样短，世界精彩又无奈，谁没有一两件心事？还好，夜里
总有一两家小馆子亮着温暖的灯。

舌尖上的乡愁

◎ 威灵仙

故乡遥，一步步越走越远，便越不可能回去。

事实上，每个离开故乡的人也都在同时被故乡抛弃。从此后，故乡的月色再好，也只留在回忆与寄望中。

回不去，故乡最后终将变成故乡的风物，在每个春天扎到心上来。那么，就不妨带着舌尖上的故乡与乡愁走下去吧。远方虽然一无所有，路上却有着真实的自己。

小区里新来了一户卖水果的人家，品种还算丰富，时不时能见到山东的水果。春日里的大樱桃经过长途运输与周转，虽然略带憔悴，但到底要比本地的更香甜一些，个头与色泽也好。西瓜上市后，也特地打出了山东自产西瓜的招牌。这时候问起来，才知道摊主原来是同乡。我跟他抱怨吃不到新鲜水果，所有水果都运了又运，只是一味甜或酸，完全没有新鲜的香味。他便一句一句附和着："就是，要是吃水果啊，还是得回咱们老家，那才是新鲜水果，又好吃又便宜。"两个人隔着摊子，都愁眉苦脸的。

偏母亲又打电话来问："院子里的杏已经熟透了，能等到你回来吗？"一时之间，只觉舌头硬麻，涩而又重的乡愁缓缓泛起，完全讲不出话来。看看周围的陌生人，真是惆怅死了。

晋人张季鹰在洛阳，因见秋风乍起，思念吴郡的莼菜羹与鲈鱼脍，于是长叹一声："人生贵得适意尔，何能羁宦数千里以要名爵！"立时起身辞官归故里，留下莼鲈之思的感慨供后人不断拿来发挥。

我是北方人，莼菜、鲈鱼虽然也很爱，可是真的要思念到恨不得立时回家乡的，还得说是黄鱼和各种水果们。

每年杨花一谢，天气渐渐变暖，我便开始发疯般想念黄鱼，年年发作，无药可救。

说起来，渤海湾的黄鱼真是世界上最美好的鱼类。春日的黄昏里，一条条洗净码在盘子里，鱼肚子微微折射银光。炉火事先烧起来，锅和油都热着，取一只大碗调匀蛋液，加盐少许，把黄鱼裹了蛋液，入热油略略煎熟，鸡蛋成形便铲出。装在白瓷盘里，要趁热搛来吃。鸡蛋略老，带着黄鱼的鲜香，鱼肉却极为细嫩，两者相互映衬，互为君臣。待要赞它，却也没什么好说，只有"唔"一声，抓紧时间再吃下一口才是正经。

　　初中时住在学校，每到周三可以回家带饭，周四上午三四节是雷打不动的物理课。有一回恰好带了黄鱼回学校，早上没吃饭，快到中午的时候，物理老师却怎么也不肯下课，似乎总也讲不完。桌洞里的黄鱼又时不时散发出细细香气，时间过得慢极了，肚子每"咕噜"一声，香气便浓郁一分……这真是对生理和意志的双重考验。我后来常想，还好生在和平年代，不然我肯定早早就叛变了，不用别的，一条黄鱼就打发了。是的，我偷偷吃掉了一条鱼，就在中年秃顶男的眼皮底下，拿物理课本做了伪装。

　　这么多年过去，物理课代表考物理不及格的尴尬和悲愤早已烟消云散，取而代之的是一种温柔的牵动：啊，我当年在物理课上偷吃过一条黄鱼啊，美味的黄鱼！而那本物理书，直到我毕业都还保留着当年的油花与香气——书犹如此，人何以堪！

　　小城临水，几条河如丝带绕城而过，河边密密种了许多杏树与桃树，春来颜色很是娇媚，远远望去一片新红杂粉白。五月末，沿河的公路边有果园的人家便摆摊卖水果，都是新从树上摘下的，价钱也极便宜，大而甜的杏，三块钱一斤就能买到，油桃还要便宜点。她们每次也不多摘，小小一堆摊在面前，一边与不远处的人闲话家常，一边等有心要买的过客。没人来买也不急，反正都是一个价，各家的水准也都不差，总会有人带几斤走，卖完就再返身到园子里去摘。因为住得近，常与同学骑了自行车去买来吃。没有多少钱，可是每天都可以拣顶好的水果买来吃。有时候撒娇跟阿姨们砍砍价，她们也会在杏子外，多加两个油桃给你。回来的时候，天还不算黑，初起的夜风鼓满裙子，墨蓝色的头顶有一两颗小星。

五六月的街头时常有人推了板车卖樱桃，间或也有枇杷。樱桃分好多种，有大而红艳的本地樱桃，有红到发紫的烟台大樱桃，有浅黄色的酸樱桃，有大而甜的樱珠，也有小小一颗如红豆一般的土樱桃。土樱桃很酸，因此卖得便宜，带回家，盛在敞口浅碟或者白色粗瓷碗里都很好看，像从齐白石的画里端出来的。

天气热的时候就有西瓜吃，痃夏时也只有这个能入口。打一桶凉水，提前一小时把西瓜浸下去。到中午取出来，擦干，当中剖一刀，便是我和母亲的一餐饭，大的一半给她，小的一半自啃。两个人都恹恹的，也不多话，各自拿勺子挖着吃，我容易饱，有时吃完还会陪母亲坐一会儿，更多的时候就径自去午睡了，也不管那一桌子的汁水狼藉谁收拾。

七八月间的桃子最好吃。午睡起来，带着一身汗印迷迷瞪瞪地坐在树荫里，母亲面前有削好的桃子，白的、白中带红的、黄的、红黄相间的，味道都不一样。一般说来不用削皮的水蜜桃最好吃，甜而多汁。纯白色的果肉不如白中带红的甜，两个都十分脆，而黄色的多半是黄金桃，又酸又甜，味道极浓，要放一放才好吃。这种吃法，在北京几乎是不可想象的。而我在家时，随母亲去买桃子总是要拿袋子去，桃子个大，每种买上几个，等全买遍就差不多装了半袋。回家取出来放在北窗下，可以吃上好几天。

故乡遥，一步步越走越远，便越不可能回去。事实上，每个离开故乡的人也都在同时被故乡抛弃。从此后，故乡的月色再好，也只留在回忆与寄望中。每个游子都各有一副衷肠，踏上自己的路，各人领受一分景色，也只能硬着头皮走下去。故乡早已在身后变了样，即使回得去，自己也还是异乡人。

　　回不去，故乡最后终将变成故乡的风物，在每个春天扎到心上来。那么，就不妨带着舌尖上的故乡与乡愁走下去吧。远方虽然一无所有，路上却有着真实的自己。

梦想都会被岁月磨灭？

晚年都该在家中和公园里安然度过？

当一对不懂外语的花甲老人背起背包，踏上环球之旅，

一段崭新的人生旅程就此开始。

岁月如此多娇 /

美好永不消逝

◎ 十　方

　　如果没有开始环球旅行，张广柱和王钟津的生活和其他的退休老人不会有太多不同。这样的生活安逸舒适，却也平淡乏味，可以一眼望见生命的尽头。

　　"我们不愿意将自己生命的最后几十年交给门口的小公园。外面的世界很精彩，从前没有机会去了解，活到 60 岁，终于有了条件，那为什么不出去看看呢？"

　　2011 年 8 月，结束了长达 180 天的环球旅行，63 岁的张广柱和 61 岁的王钟津回到了北京的家。生活重新步入"正轨"，不用整日奔波，可以舒舒服服地躺在床上，每天睡到自然醒。只是时常会做梦，梦见自己背着沉重的旅行包，穿行在辽阔的澳洲草原上。

经历苦难，也要学会享受生活

退休之后，张广柱和王钟津迷上了户外运动，像年轻人一样登山徒步，在野外露营。2007 年，张广柱和王钟津去云南旅行。行至虎跳峡，在哈巴雪山脚下遇见一个纳西族家庭正在举行婚礼。热情的纳西族人办起了流水席，来自世界各地的游客欢聚一堂，共赴喜宴。席间，张广柱发现一个外国背包客在翻看一本厚厚的旅行指南，他很惊讶："这个老外一句中国话都不会说，可以到这么偏远的地方来，我们为什么不能去国外旅行？"

张广柱和王钟津探讨环球旅行的可行性，王钟津盯着一脸兴奋的老伴，第一反应是："老头疯了！"

的确疯狂。不懂外语，体力也大不如前，两位年近花甲的老人要做环球旅行谈何容易。更何况，在遥远而陌生的国度，危险无处不在。

未知的旅程让人心生恐惧，而恐惧也正是旅行中最有价值的部分。

张广柱并非一时兴起，回到北京之后，他向老伴宣布了自己的旅行计划："我要去阿尔卑斯山徒步！"王钟津也不甘示弱："那算什么，我要去亚马孙河漂流！"

决心已定，马上学英语、读历史、攻地理……经过近一年的艰苦准备，2008 年 3 月 28 日，激动并忐忑的老两口开始了环球之旅，他们的第一站是西方文明的发源地——希腊。

飞机降落在雅典，老两口旋即迷失在机场。危急关头，还得靠主攻英语的老头子问路。王钟津扭头，却见张广柱捧着一本《旅游英语》发蒙，一句话也说不出来。

王钟津催他："你倒是问啊！"张广柱不好意思地说："我不会。"除了事先背的3句应付海关人员的英语，他真是一句都说不出来了。老太太急了："你不会说就把我带到这地方来？"

美好的事物永不消逝

语言依旧是障碍，但并不是不可逾越。热情开朗的王钟津很快找到了窍门，凭着丰富的肢体语言和一些简单的单词，在后来的旅行中，老两口解决了大部分交流的难题，甚至可以与外国人"攀谈"。

3个多月间，张广柱和王钟津游遍了欧洲16国的70多个城镇，领略了雅典的光辉灿烂、罗马的雄浑壮丽、巴黎的色彩斑斓、柏林的死而复生……世界在面前徐徐展开，多元的文化让他们赞叹不已。

老两口从此玩上瘾了，王钟津笑着说："我每次背起旅行包就兴奋，心想，得赶紧出门玩去。"2009年，张广柱和王钟津"穷游"了美国、墨西哥、加拿大、古巴；2010年，探访俄罗斯；2011年，老两口6次穿越赤道，行走阿根廷、巴西、秘鲁、新西兰、澳大利亚等南半球14国，并登上了南极大陆。

他们划着皮划艇，在南极的海面上缓行，各种各样的冰山一一呈现。虽然在电视里看过，但身临其境又是另一番感受。天空阴沉，但冰山周围的海水碧蓝，美得动人心魄。晚上，他们在雪地里露营，没有搭帐篷，而是按照船方的安排在雪地上挖出一个大坑，钻进睡袋，体验了一把企鹅的生活。

环球旅行 4 年，他们住过星级酒店、家庭旅馆、青年旅社、学生公寓、普通民宅；经历过凌晨 3 点找不到旅馆的焦虑，也有过坐错火车的尴尬；曾遭遇小偷拉包、假警察敲诈，也接受过许多普通人的真诚帮助——如果你真心想做一件事，全世界都会帮你。

最浪漫的事

30 多年前，王钟津在山西插队的时候经人介绍认识了张广柱。第一次见面，王钟津眼前一亮："我要找的就是这个人。"张广柱也有一点动心："一起过下半辈子的就是她了。"

即便以浪漫的一见钟情开始，婚后的生活也会渐趋平淡。42岁那年，张广柱辞去工作，下海经商，去了海南发展，与爱人分隔两地。8 年之后在北京团聚，却发现彼此已经成了最熟悉的陌生人。

因为旅行，两人再度并肩携手，在陌生的国度相依为命，依旧会为了一些琐事争吵，"但感情越来越好了"。"很多人都说两口子是越来越没有话说，我们却有说不完的话。"张广柱脸上满是甜蜜骄傲。

在澳大利亚，他们点燃一堆篝火，相偎坐在星空下；在亚马孙河漂流时，他们的吊床紧紧挨在一起，两人的手轻轻触碰，"船慢慢地走，景色就在眼前慢慢地飘过去；我们跟着船一起，慢慢度过那些时光……"

在秘鲁，王钟津病倒了，高烧40℃并严重脱水。张广柱悉心照料老伴，并把老伴20公斤重的大包背在自己肩上。大病初愈，王钟津的身体依然虚弱，她心疼老伴，坚持要自己背包。有人问张广柱："那个时候，你有没有觉得老太太是个负担？"张广柱动情地说："不会的，没有她，我一个人走就没有意义了。"

这对被称作"花甲背包客"的老人，就这样上演了一出爱情童话，让无数网友艳羡。

有网友评论道："关于旅行，说得已太多。'背包客'已不新鲜，可是'花甲'二字放在这里是那么刺眼，令人心生感动。在这个普遍质疑婚姻的年代，这无疑是最温柔的回击。"

当我老了

在国外，张广柱和王钟津经常被当作韩国人、日本人甚至马来西亚人，当别人知道他们是中国人时，总是非常惊讶。背包旅行的中国人少，老年人少之又少，这让老两口非常感慨。他们在

网上直播旅行，希望自己的经历可以给老年人启示，颠覆传统的
养老观念，走出国门去看看。但是后来，他们发现在网上热烈回
应并追捧的大多是年轻人。

王钟津特别理解当下年轻人的状态："年轻人对自己的前途特
别迷茫，他们渴望幸福，又缺少安全感，觉得没有能力把握自己
的婚姻。他们羡慕我们，又缺少信心去拥有这样的生活。"

让她感到欣慰的是，在交流中，很多年轻人都表示希望通过
努力获得自己想要的生活，而不希望父母把自己的积蓄给他们，
自己去过苦日子。年轻人希望父母脱离传统的老年人的生活方式，
但不管他们怎么解释，父母也不愿意改变自己，这让他们觉得痛
苦。很多人在"花甲背包客"的博客上留言，探讨怎样让父母过
得幸福。

最初，女儿也并不支持张广柱和王钟津疯狂的旅行，"女儿说，
你们都疯了，连家也不管了"。每次远行，张广柱和王钟津都会留
下"遗书"，对女儿有所交代，这让女儿特别不能接受。"要是真
出了事怎么办？""没事儿，反正我们的生活已经这样精彩了！"

如今，9岁的小外孙也成了他们的忠实"粉丝"。还会有朋友
对他们的行为"嗤之以鼻"。王钟津觉得，每个人的追求不同，不
做房奴、车奴、孩奴，追寻梦想，自己才会过得开心——幸福终
归是自己的事儿。

张广柱和王钟津在计划下一次旅行，神秘的非洲让人神往，

亚洲的近邻也令人心动。

"如果有一天，身体条件不允许你们再去旅行，你们会如何安排自己的生活？"

"等我老了，就在家写写自己的故事，看看从前拍的照片，和老公下下象棋，再做点好吃的。"王钟津沉吟片刻，笑着说，"我觉得我们挺了不起的！"

我们并肩走，

说起七夕，手臂碰在一起。

似乎牵了手，十指，若离若扣。

十指，若离若扣

◎ 许冬林

吃瓜

吃香瓜。

发现香瓜是长得越老的口感越嫩，也越香。

女人要是香瓜就好了。

我吃了一个香瓜，留了一个想等他回家一起分享。可是，睡了一个没有睡着的午觉后，我又切开了剩下的那个香瓜，只吃一半，留一半给他。可是，过会儿，我把剩下那一半也吃掉了。吃完之后，我就开悟了。

以前我老怪嫦娥偷吃仙丹，撇下后羿一个人上了天。现在我理解嫦娥了。她没想要抛弃后羿的，她只是吃了一颗名叫仙丹的糖豆子，味蕾被挑逗起来收不回，忍不住，又吃了一颗。

晚上他回来，就动用平日驯养的词语，向他描述两个香瓜的美味吧。

好在，我的后羿在人间，而我，也在。

恋爱

一日早晨，醒在满窗雨声里。

雨天不出门，于是赖床不起。两个人在白色的帐子里，看窗外垂挂的雨线，像牵拉罩起的一顶更大的帐子。

两个人对望着彼此并不年轻的容颜，像白色茧子里抱在一起的两只老蚕。

一个问："两只蚕在茧子里寂寞吗？"

一个答："不寂寞，因为在躲着恋爱。"

一个提议："那我们也来恋爱吧！"

一个坏笑："好啊！"

说起少年时，那一年，彼此暗恋。放学后一起走落满槐花的沙路，怕人指点，在前方岔口又分开，然后拐到更前方的河堤，隔河偷望彼此走路的样子。

十几年前，恋爱是两个人心里暗暗惦记，却装模作样地分开，然后又渴盼相遇。

十几年后，恋爱是在落雨的早晨，挤在一个枕头上，两个人一起把从前的那些细节，一一复习、回忆。

游泳

　　过了个别致的七夕节，因为游泳了。想想，织女就是因为下河游泳，才被牛郎娶回了家。事后想起误撞七夕的这次游泳，很有些小得意。

　　看来，以后过七夕，男人们就不必不洋不土地送玫瑰了。还是纯粹些吧，拎着爱人的衣服、包包，等在游泳池边就可以了。

　　选择仰泳，因为是露天的游泳池，可以看星星看月亮。一看才知，这上旬的月亮已经滑到西天去了，像桌角一小片被吃剩的红富士苹果。哦，我赶了残宴。

　　于是猜想，古老的从前，织女一定是早早吃了晚饭来人间游泳的。牛郎的晚饭也不迟，因为据说那晚的月光大好，迟了月亮下山了就不会找见织女穿的那件粉红衣裳。年轻人总是急的，不像我们现在，做事情总是姗姗来迟。

　　爱人在外应酬，来得比我还迟，他来时我已上了岸。他没看见我游泳。他坐在外面大厅里等，我在换衣间里用干毛巾揉又湿又长的头发，慢慢揉。出来时，彼此不责备，也不觉得抱歉，虽然一个迟，一个慢。

　　走在回家的路上，月亮已经隐去，只有慢腾腾的凉风懒懒地吹。我们并肩走，说起七夕，手臂碰在一起。似乎牵了手，十指，若离若扣。

路上遇到阵雨，小避店家门前。雨小了又行，到家门口时，雨已收，星光隐约。

若织女在人间还住上一千年两千年，大约和牛郎也是这样：不慌不忙，不远不近，不怨不艾。

夜深同花说相思

◎ 杨　荻

　　我有时候笑她，你的名字可真够土的，叫秀花。这时候她总是很羞涩的样子，仿佛自己犯了错遭到批评，又自我解嘲地说，土吗？都是这样的名字啊，我妹妹叫秀莲。

　　我笑她的名字土，实在没有道理，因为我的名字也够土，基本上是村姑、丫鬟、侍妾什么的常用名，然而又上过名著，一本是《金瓶梅》，一本是《朱门》。后来读安妮宝贝的《春宴》，单单记下了一个地名，那个村落的名字和我的名字一样。面对着两个很土的名字，我执拗地想，她要是叫"绣画"，就有意境了，是不是很红楼？

　　她叫秀花，果然手巧，擅长绣花。我考上大学那年，女生宿舍时兴拉床帘，姑娘们从商店买来花布，安上铁丝，唰的一声拉起，就是一个单人世界。我给她修书一封，不久，一副床帏就绣好寄过来了，白色的细棉布，彩色的丝线缀着一朵一朵的花儿。我拉上床帘，小小的个人世界也跟着芬芳起来。可惜，毕业后，那块很长的白色绣花棉布，曾经陪伴我四年青春锦时的她的手工作品，不知道去了哪里。

我打电话问，干吗呢？她说，绣十字绣呢。她在绣十八个美女，原来想绣《红楼梦》里的十二金钗，可惜那个图案刚刚卖完，她就买了十八个美女，说是绣完送给我搬家用。她认为十八大于十二，我心想，《红楼梦》我是喜欢的，毕竟有典故，你弄十八个没有出处的美女，足有三米多长，我挂墙上多俗啊！

于是，我委婉地说，你绣那个多费事啊，少说也要两三年，再说眼睛、颈椎也受不了啊，我可不落忍，千万别绣了。

我心疼她。然而，她心疼钱，不听，还是要绣。我只好放狠话，我不太喜欢的，没地儿挂啊。她的脸就一热，讪讪地说，那我就挂自己墙上。我倒觉得不好意思了，就解嘲地说，你先挂，等你挂够了再送给我。

然而，我还是劝她别绣了。她说，闲着也没意思，要是手里不拿点活儿更没意思。搬家后，她离开了故居旧邻，陌生的环境里，她像夕阳一般孤单，我也就不好再强行阻止。

高楼的西窗下，这个叫秀花的女子拿着绣针，在西晒阳光下低头做着十字绣，一针一针，绣着一幅画，绣着寸寸光阴。远远看去，也很像一幅画。

我发现了一件事情，无论年龄大小，女人似乎都是喜欢照相的，或者说每个人都喜欢在镜头前的感觉，希望镜头是魔镜，从一端进去，另一端出来的是最美丽的自己。摄影班的老师说，拿破仑在大战前经过街角的照相馆，下令三军暂停，他进去照了张相。

这个叫秀花的女子，年轻时去部队探亲路过北京，在首都的照相馆与英俊的军人合了张影。我站在放大的老照片前，怎么看，怎么觉得我的脸形像她，看着看着，似乎眼光也很像。她那么年轻，汪着汁液，好像一把水芹菜。

一个春天，我背了相机，带她去照相。小区里绿化很好，紫色的日本鸢尾花开得正盛，有一种白色的花，不知道叫什么名字，一簇簇地躲在碧绿的叶子下。她站在紫花绿叶中，对着我的镜头露出了少女般的羞涩。真是的，她总是这样。

一个秋天，一丛丛波斯菊开在坡上，粉的、白的、红的，成就一片小小的花海。待到山花烂漫时，她在丛中笑，果然让人舒心。

这些照片，我放在电脑里，偶尔翻出来欣赏，觉得自己是对的，替她留住了岁月。猛然惊醒，这些照片她还没有看过，倒是提过一次，被我一句"没时间"给打发了。她的照片，我从来没有洗出来送给她，她也没有电脑。

和她住在同一个城市，却也不总见面，为此我常常自责。忙碌了一天，下班后只想回家，周末只想放松，只觉得精力不够，不够再去腾出心打点一份感情，然而她有。

我接到她的电话，说她已经坐公交车到了单位门口，我急忙跑出去。她穿着齐整，站在银杏树下，在过往的人流中冲我笑，又露出那少女般的羞涩。她的手里拎着沉重的布袋书包，都是吃的，牛肉蒸饺、炒花生、山楂酱、红烧肉、柿子、白萝卜。她从西向东，穿过大半个城市，只为给我送饭。有时候时间晚了，也会在我回家时路过的公交站点下车，于尘埃中等我。我接过沉重的布袋书包，开车绝尘而去，留她在黄昏的暗影里继续等候回家的公交车。

衣柜里的衣服换了一茬又一茬，压箱底的是一件紫色缎面棉坎肩，她亲手缝制的。床上的床品换了一套又一套，压床底的是一床粉色缎面棉被，她亲手缝制的。

有些东西不可再生，而你却贪婪地想此生永远拥有，只好压在箱底。

她是这个世界上最爱我的人。

有时候我想，如果我有能力，就给她建造一个世界，好比纣王的朝歌城、秦王的阿房宫、唐王的大明宫，我要把她妥妥地雪藏起来。

有时候我又想，她的整个世界，无非是我开放的平安幸福花。

有一年，电视上播放关于地震的连续剧，当然是以唐山为背景。我看着看着就看出了毛病，电视剧里儿子口口声声喊"娘"。不是这样的，我们这里，从小到大，孩子一直喊"妈"，从没有喊过"娘"。如此深情如此夜，我却想热热地唤一声："娘！"

夜深同花说相思。她叫花儿，我的娘亲，已经老去，正在更老。

与大理和解

◎ 玛雅绿

2012 年的秋天，我和他一起搬到大理住。在这里我开始筹备我的综合手作店，他继续他的怪趣画风创作。两个人都只想静悄悄地生活工作。

可是没想到蛇年春节一过，网络上出现了各种关于大理风花雪月的故事。一开始我们只是笑笑不作声，但短短半年，愈演愈烈。直到后半年，某周刊做了一期关于大理的专题，"去大理生活"成了媒体的热点话题。他们不遗余力地赞美大理，用了诸如宜居、自由生活等溢美之词。但细心的人或许会发现，他们的杂志内页夹杂了好多大理新建别墅、酒店的广告，拿人手短的媒体又一次猛力地将大理推向了一个不容乐观的境地。

叹息之余，我和他开始探讨我们该怎样应对接下去的生活，是继续留在这里，还是去寻找下一个落脚地？他说有人的地方就有江湖，到哪里都会有这样的问题，但我们来此的初衷就是为了这里的田园氛围、爽朗气质、好阳光和好空气。他说我们可以远离旅游区，这里还在苍山脚下，还在洱海边，苍山那么大，洱海那么大……探讨一番后，两人都不再焦虑未来。

可是没过多久，我们租住的小院儿要被房东卖掉了，年底就必须搬走。隔壁院子要改建成客栈，对面客栈也在大兴土木扩建，屋后的空地也开始打地基。一下子，四周从早晨 8 点开始就充斥着吵死人的机械电钻、推土机的声音，而我们住在那个建于 20 世纪 80 年代的木质结构的小院子里，越来越像在一个将要沉没的小岛上一样孤立无助。已经不用吐槽大理本身，我们马上就要没住的地方了。再租房子租哪里？房租大涨，本地居民全都在改建自家住房以便出租、出售，电线杆上贴的都是"有十几间房可做客栈，价格面谈"的出租广告，适宜两个人和一条狗居住的老院子已经找不到了。

新一轮的焦虑让我们在那段时间完全没有好心情。我们如此留恋大理的阳光、空气、朋友以及闲适的节奏，可是我们又如此厌憎这居无定所的感觉。我们不想住火柴盒一般的高楼，但是好像又没有更好的选择。

忽然有一天在网上看到苍山脚下一个僻静的研究所家属楼有二手公寓在出售，价格比杂志广告上的小区别墅要便宜得多，凑一凑、借一借还是买得起的。小区环境很好，远离古城旅游区，只有 3 层楼，也不是我们最憎恶的高层建筑。没过几天，我和他拿到了一套建于 20 世纪 90 年代的小公寓的钥匙。没有想象中那么喜悦，因为我本以为 2014 年我们还可以像 2013 年一样，和我们的狗住在那个小院子里，没想到，一年后我们就不得不滚蛋，回到生活在城市边缘的生活状态。值得欣慰的是，我们有免费的好阳光、好空气，还有背后的苍山，面前的洱海，还好我们还可以做自己擅长并喜欢的事，还好我们都还是自由的。学会某种妥协来实现自己真正的理想，是这一年的功课。

其实大理最美好的东西都是免费的，最美好的风景也都是免费的，但是有时候，我们也不得不为一些不那么美好的事情埋单。

与媒体的报道不同，这一年大理的米线已不是 5 块钱一碗了，这里的嬉皮早已不再纯粹，这里的"驴友"里骗子多的是，这里的神仙眷侣也要为柴米油盐吵架，这里的店主要为高昂的房租发愁，这里的猪也是喂饲料的，这里的人卖东西给外地人与本地人价格不同……这一年，虽无大悲大喜，但也看到了这个传说中的乌托邦不那么善意的一面。尽管如此，我们依旧没有更好的选择，与大理和解也是在与这个世界和解，我们没有理由只接受它好的一面。

或许只有以不变应万变，才可以真的心远地自偏。

家园，
其实就是那样一个湖、一段时光、一个下午、
一个黄昏、一种味道
和一些模糊的记忆。

岁月如此多娇 /

湖边的密码

◎ 韩松落

14 岁那年，我正处在写作的狂热之中，无时无刻不在寻找写作的材料。有一天，我要妈妈给我讲一个过去在新疆生活时的故事来让我写，妈妈说要想一想。晚上，她对我说："这个……不知道可不可以写。那时候，我常和你姥姥到农场二支队的湖边钓鱼。有一天，天气非常好，我们在湖边钓了一天的鱼，中午，就在湖边吃干粮。"

我听了之后非常失望，因为我原本以为会听到一个像《走出非洲》那样的故事，却没想到是这样平淡的一件事，于是，我终究没有写它。

然而，几年后，我向五舅要一个可以写的故事时，他告诉我的，依然是湖边钓鱼的事，他问我："你记不记得农场二支队的湖？"

怎么会不记得呢？10 岁以前，我一直生活在于田农场的场部，而二支队的湖一直是我向往的地方。据说，那里有无数溪流、芦苇、野花、水鸟，当然，还有那片浩荡的、似乎没有边际的湖水。在我们家，经常去那里的是小舅，他为了不带我去湖边，常常要想尽办法摆脱我的纠缠、盯梢。黄昏后他独自归来，总是带回许多东西，足够装满 10 个枕头的香蒲、各种形状的鱼，有时，则是足够全家烧一个礼拜的芦苇，或者一两只野兔，而带给我的，通常是一些颜色奇异的蜻蜓或蝴蝶。

总是这样，当他归来，当我迫不及待地翻看他带回的东西时，我们那有着茂密葡萄架的小院里立刻飘满了香蒲的茸毛或是芦苇的清香，而小舅则脱去工装，穿着一件白背心，用清水擦洗。姥姥则不时地催促着要小舅快去吃饭。

黄昏就那么来了，在突然变得安静的小院里，甚至能够感觉得到大地在轻轻震动。那样愉快的时光，即便在当时，我也知道，它是不能够重来的，即使来了，有些地方也会和原来不一样。就那样，在芦苇的黄与绿，清晨和黄昏的交替之中，我长大了，而直到 10 岁那年我们离开，我也没有去过湖边。

五舅告诉我，20 世纪 60 年代，在搬到场部之前，我们的家就在湖边，那时候，在农场工作的姥爷是难得回家的，姥姥一个人在家里，带着孩子，非常寂寞，所以她在侍弄菜地和做家务之外，经常去湖边钓鱼，一去就是一整天，钓回来的鱼怎么也吃不完。小舅那时候还是个孩子，姥姥经常带着他去湖边，他就在湖边长大。五舅说："你想想，一个小脚老太太，天天钓鱼，也真是有点可笑。"

不知道当时我笑了没有，然而在多年之后的今天再次想起，我却怎么也笑不出来。这些年，在离开新疆后的 30 年，我们经历了流离失所、无数次的搬家、面对陌生环境的难堪、我的失学、母亲 8 年的久病和后来的去世，以及我们一家人的各奔前程，在经历了这一切之后，我忽然明白了湖边那一幕的含义。我甚而能够想象当时的情景：阳光温暖地照下，要极其安静淳朴的心，才能够觉察它的变化。空气中是芦苇、羊角奶、蒲公英、紫云英的香气，湖面上波光荡漾，稍一注视就会让人眯住眼睛，而在靠近岸边的地方，芦苇根、香蒲的茸毛、死去的飞虫大片纠结着，在水面旋转，不知要流向什么地方。不知哪里的水鸟忽然扑扇着翅膀飞起来，飞快地掠过，又不知落到了哪里。坐在湖边的草地上注视着水面，一天、两天，一月、一年，生命变得踏实、悠长。

我也明白了那情景对姥姥、母亲、舅舅们，以及年岁已长的我的意义，明白了他们为何一再提起那个湖，为什么会唯独记住某一个天气特别好的湖边的下午。家园，其实就是那样一个湖、一段时光、一个下午、一个黄昏、一种味道、一些模糊的记忆、一种在流浪的途中回首时，泪急涌眶的苍凉。

这些情绪，一旦离了它所依存的时间地点，就统统成了密码，只有亲历者才知道其中意味，知道即便湖边的一个下午，也是意义重大的，但这种意义无法向别人表明。

羽戈说，每个人的故乡都在沦陷，这沦陷，不只意味着大拆大建，旧日家园转眼就变成血海滔滔，而是在离乱之中，让随身携带的密码全都失效，全都没有用武之地，我们必须接受新的密码，用我们的血肉，筑成我们新的密码长城。

前几天，我在机场想到这些。那天，在漫长的候机过程中，旁边的人和我攀谈，他问我，为什么我的相貌像南方人，普通话却讲得标准。我告诉他，我的祖籍是湖南，生在新疆，以前在甘肃生活。当话一出口，我才意识到"异乡人"这个词用在我身上是多么妥帖，而我的一生，也许还将继续这样度过。就在那时，湖边的水汽、青草的香、黄昏时的凉意，忽然就现身前来。我闭上眼睛，我不能说话，我唯有写下。

天使的美意

◎ 周玉洁

我小的时候，每次去同学家玩，总觉得别人家的菜比我家的好吃，我就觉得我妈炒的菜是最难吃的。我上初中的时候，班上几乎有一半的同学裤子上都打着补丁，我不好意思去上学，倒不是因为我的膝盖上也打着补丁，而是我觉得我妈补的补丁是全校最难看的。

其实我妈挺不容易的，她十几岁离家上学，一度是学校排球队的主力，风风火火的。后来知青下乡，她从大城市来到我们这个小县城，进了工厂上班还总当车间标兵，为挣朵大红花，她恨不得全身心扑在车间里忙工作。她能炒个菜，还能学会打补丁，已属不易，而我却总是挑剔。那时候我还小，不懂事。

后来我长大了，还是不懂事，我挑剔得更厉害了。我觉得她洗碗洗得不够干净，择菜择得不够仔细，穿着打扮时常爆个冷门，要么邋遢、臃肿、随意，要么忽然穿得大红大绿显得太过洋气。尤其是出门做客的时候，我都无法预测她将穿一件什么样的衣服去赴宴，导致我有时候会专门提前赶回家，从衣柜里帮她选件比她自选的更合适的衣服。

我小时候，我们那条街上的孩子最羡慕我和妹妹，因为只有我妈才和我、妹妹一起丢沙包、跳橡皮筋。别人家的妈妈从不这么夸张。我妈呢，大大方方陪着我们玩，就在人来人往的街边。她跳橡皮筋的动作矫健、泼辣，成绩斐然到我和妹妹望尘莫及、顶礼膜拜的地步。然而，她并未收获赞美，因为我听信了邻居的嘲讽，觉得像我妈妈那个年纪的主妇，居然在街上和小孩子一起玩，实在不是一件光荣的事情。随后，我对和我妈一起跳橡皮筋这件事产生了反感。我重新开始审视她，觉得她应该像那些大婶大妈一样，学做米酒、酱菜、腌菜、腐乳，学纳鞋底、补裤子……总之，那时候，我丝毫没有珍惜她的活跃、朝气、豁达、热情。直到多年后，当她老得不能陪我的孩子一起跳橡皮筋了，只能认真地站着，用双腿当孩子的橡皮筋支架，我才知道，多年来，我错失了什么。

和所有老去的母亲一样，她的头发变得花白。她有时去理发店染发，头发黑黢黢的，黑得那么假；有时听说染发剂对人有伤害，又任那花白的头发继续从染过的头发中生出来。她时常忘了关液化气灶，我提醒 100 次，她忘 100 次；她时常丢钥匙、钱包；她时常错把打给我的电话拨给陌生人，她背我的手机号总是背得那么正确，拨打时却时常出现误差……我为她带给我的诸多小麻烦头痛欲裂，希望她能改掉一些恶习，比如将一个喝完的饮料瓶子一直拿在手上，顺手还会再捡几个；比如不上医院，擅自在药店买那种厂家不明的药；比如明明需要一瓶洗发水，却从超市买回一瓶浴液，在我去她那儿偶然发现之前的几个月，她都是在用浴液洗头发。

每当这些小问题出现，我都会在反复叮咛后失去耐心，觉得无法和她沟通时，开始和她争吵，直到有一天，她忍无可忍，大声地对我吼道："你是我妈，还是我是你妈？"

我反思自己陷入了某种有恃无恐的误区。我敢于如此挑剔和粗暴，是因为在这个世界上我害怕得罪很多人，却不害怕得罪她。无论我和她以怎样的方式说话、争吵，她都不记恨我；无论我有着怎样的过错，她都轻描淡写地接受并原谅；无论我多么自以为是，她都只是说，好吧好吧，是你对了。

"我之所有，我之所能，都归功于我天使般的母亲。"这句话是林肯说的。

记忆总会不断地倒带，倒回很多年前。雾气蒙蒙的冬天的早晨，她骑着自行车去上班，自行车的前杠上坐着我。厚厚的积雪，寒冷的风，她那么努力地蹬车，嘴里呵出的热气温暖着我的后脑勺，那时候她是天使；西河上的小木桥被洪水冲断了，她拎着鞋子，将裤脚高高挽起，背着我蹚河去对岸，送我上学，那时候她是天使；我病了，住在医院里，花了她很多钱，耽误了她很多时间，她不断地和同事商量将白班换成夜班，可她对我没有一句怨言，那时候她是天使；她用买一盆鸡蛋的钱为我买了一副跳棋，惹得我奶奶数落了她好几天，她无所谓地笑着教我下棋，走四步连跳，那时候她是天使；她用烧红的小锯条神奇地接好了我断掉的塑料凉鞋……那时候她真的是天使，神通广大，有求必应，不畏艰难险阻。

现在她老了，是一位老去的天使。她穿过车水马龙的街巷，蹒跚负重而来，且记不得抬手就能按响门铃，在门外执着地敲门。我开门，看见她气喘吁吁地提着一袋泥土，她说花盆里的土要换了，不然她帮我种下的那盆虎耳草就长不肥了。于是，她跑到一片肥沃的菜地里去挖了土来，兴致勃勃地指挥我将几盆瘦弱的花草搬到楼道里，她开始摆弄起来，一趟趟进出，找工具，舀水出去……一小时后，她心满意足地离开，好像完成了一件特别重大的事情。而我无比沮丧，我的计划被她的到访打乱了。她走后，我不得不开始清理那些小铲子、起子等，清洗，擦干，归位；接下来开始清扫楼道，清理房间地板上散落的泥土，清理卫生间，清洗她浇水用过的塑料壶。

她时常来敲门，有时候跑来只为从我这里寻找一个适合她腌蒜薹的玻璃罐头瓶子；有时候是她买了某种特别新鲜的菜，她吃不完，送一点来给我，她不进屋，递给我，转身就走……她不断穿街越巷而来，除了周末的家庭聚餐外，她停留的时间都非常短，但她来得很频繁，以至于我都怀疑她到底来做什么，为了那点小事，值得跑一趟吗？

很多年来，我时常和她沟通不畅，那是因为我始终在顺着我的思维走。我忘记了天使有天使的美意，那是我这个凡人不留心体会就看不见的。

我就像她为我种下的那盆虎耳草，那盆君子兰，她把它们种在我这儿的花盆里，时常想起来，要过来看一看。她履行一个园丁的职责，即便老得上楼有点费劲了，还是在车水马龙中躲避着车辆一路蹒跚而来，施点肥，浇点水，换点土，搬动一下，因为那些花草是她种的，是她的牵挂。我不知道我这么理解是否矫情，因为我母亲向来都是粗线条的，她从不说爱，从不拥抱我，从不说过于亲昵的话语。

但我深信不疑，不管是她年轻时，还是已经老去，不管她对我做什么、说什么，都有着天使般的美意，从爱出发，从善意和关切出发，哪怕她从不说，哪怕我曾那么粗暴地对待她。

每年母亲节的时候，我的女儿肯定会抱着我的脖子，对我说："妈妈，母亲节快乐，我爱你！"

每年母亲节的时候，我肯定不会抱着我妈的脖子，不会对她说出："妈妈，母亲节快乐，我爱你！"但她肯定知道，因为天使们都善解人意，她自有她的方式和渠道，她比你更了解你自己。比如，这一天，当我去看望她，她肯定只会淡淡地问："吃饭了吗？"我会回答："没呢，就是过来吃你做的饭啊。"她就笑了。

父亲于我，
是遥远的珠穆朗玛峰，
是永远冰雪覆盖又沉默寡言的庞大物体。

爸爸不只是用来做裁缝的

◎ 黎继新

　　那是个雨季，天似乎被谁砸了个缺口，天上的水倾倒在山上，洪水从山上暴烈地冲下来。

　　那时我5岁，母亲不知有什么事没在家。出乎意料，父亲却在，但父亲要到裁缝铺去领取他的工资，只好带着我上路。

　　父亲是裁缝，在另一个镇上的裁缝铺里替人裁剪缝制衣服。每天星星还没散场，父亲已经出门；月亮升起，父亲才回到家里。父亲出场的时段，我总在安稳地睡着。

　　我和父亲一人披着一件农家自制的蓑衣，戴着斗笠，在暴雨中艰难地跋涉。虽然我的蓑衣是母亲特意请蓑衣匠为我量身打造的，但那厚重的蓑衣浸了雨水，披挂在我身上，就像一副沉重的铠甲。

　　父亲大踏步往前走，似乎遗忘了他身后这个小人儿。我背着

"铠甲"，喘着粗气，跟在父亲后面，不敢哭闹，甚至不敢开口请求父亲停一停。

父亲于我，是遥远的珠穆朗玛峰，是永远冰雪覆盖又沉默寡言的庞大物体。我那么小，那么弱，永远无法靠近和攀登。

我连滚带爬地跟在父亲身后，过了几座山几条河几个村庄，5岁的孩子不知道，反正好像有到天边那么远。等跨进裁缝铺的门，我的蓑衣里面肯定藏了无数条小溪，湿淋淋地滴了满地，四处淌开，漫过一台台缝纫机的脚。

一路上没有回过头的父亲，根本不知道我的状况。我想我肯定狼狈不堪，所以老板娘才怜悯地惊呼："我的老天啊！"这时，父亲才吃惊地扭头看了我一眼。那个眼神，我从没在父亲眼里看到过，很复杂。

在五六台老式蝴蝶牌缝纫机中间，父亲拿到 50 块钱，那时的 50 块钱好像很多。

我猜是有钱的感觉让父亲的心情很好。回去的路上，雨小了很多，父亲很高兴，竟然拉起我的小手。路过商店，他甚至买了根形状像辣椒的棒子糖塞到我的手里。父亲的力气很大，他把糖塞到我手里时，我的小手瞬间下坠。我受宠若惊，心底的喜悦抑制不住地涌上来，我咬着嘴唇，羞涩地笑了。然后，我勇敢地拉了拉父亲的衣角，说："爸爸，我累。"

父亲蹲下来看着我，我怯怯地看他，怕得要命。一不留神，父亲就把我提起来，放在了他的肩头。在被父亲放在肩头的过程中，我像随着父亲的手在空中飞了一圈。父亲走路很稳，像一座山一样，我坐在他肩上，稳稳当当。我骄傲得要命。我想等我回去了，一定得把这骄傲告诉我的哥哥姐姐们。

雨小了，山洪变成了小溪。一条鱼从溪水中跃起，我惊叫："鱼！"

父亲把我放下，跨进溪水里，很快就捉了一条活蹦乱跳的鲫鱼。父亲提着鲫鱼，微笑着在我的脸蛋边晃了晃，我羞涩地笑着躲避。

父亲扯了两根茅草，拧了拧，从鱼的鳃穿过去，突然捏着一端的茅草叶茎，转向我，一边作势往我的鼻孔里钻，一边说："把这条大鱼也串起来。"我咯咯笑着逃开。

父亲把茅草两头打了个结，递给了我。我接过鱼时，鱼突然腾地跳了一下，我兴奋地大叫。父亲笑了，干脆脱下了他那件自己做的透过纱眼能看见人的白色大背心，领口和袖口扭在一起打了个结。他提着下摆口，对着从山上淌下来的溪水。整条小溪全奔进了他的衣服里，又挣扎着从纱眼里四散逃出。我把手伸到水里，摸了摸父亲的背心，背心突然乱抖，有鱼在背心里徒劳地挣扎。

我一时觉得，父亲的那件背心简直就是神物。

我欢呼着："爸爸，有鱼。"父亲微笑着看我，眼神里满是鼓励。鱼又乱跳起来，我开始不顾一切地大呼小叫，拼命地咯咯傻笑。父亲也学着我的样子傻笑，跟着我一起大呼小叫。我早忘记了劳累。

我们背着各自的蓑衣，一人提着一串鱼，一路唱着歌回家去。

这天晚上，我睡得很香。我心中有了个幸福得不能再幸福的秘密——这个庞大的物体，不只是用来做裁缝的，他还会让我骑在他的肩上，会捕鱼，会与我一起大喊大叫……

他离我这么近。在梦中，我迫不及待地把这个秘密告诉了全世界。

第二天，我起得很早。我悄悄地拉开父亲的粗麻纱蚊帐，结果，父亲又不在了，我放声大哭。

后来，父亲辞了裁缝铺的工作，回到村里，买了台缝纫机，替村里人做衣服，收入陡然少了许多。父亲不去裁缝铺，据说是为了我。

如今，父亲已经去世多年，缝纫机还在，只是落满了灰尘。

月老还有南瓜藤

◎ 黎继新

那年略冷的秋末，我又被母亲唤回了家，自然又是为相亲。

这天天气倒好，天空阔绰地倾倒着阳光。一场郁闷的相亲结束后，为避免浪费好阳光，我决定出去走走。

我们村的田地边有一处高崖，崖下有几束溪流，溪水过处，有圆圆的鹅卵石。溪水两边的田野里，有各式野菜和野果。我悠然地坐在岩石上，看崖壁上顽强生长的树和溪水两边未落尽的野果。一簇无人收留的南瓜藤就这样闯入我的眼中。

南瓜藤在我们邵阳是可以吃的，经年在外的邵阳人想起南瓜藤便会想到家。邵阳人的南瓜藤很家常，属于细水长流的日子。

我心一动，它便成了我的猎取目标。全部拔下来后，我擦了擦汗水，心情极好。这时，有人悠然地吹了声口哨。

我回过头去，一个青年男子坐在我刚坐过的岩石上，看着我，笑道："看了你一个下午了。"

"你怎么在这儿啊?"我问。他家就在山的另一边，出现在这里，其实也不奇怪。

他说："相亲失败，出来走一走，散心。"我乐了。

上午这场相亲的男主角就是他。见面的时候，我一直玩手机，不说话。他也很矜持，没有半点想打扰我的意思。两人被关在一间屋子里，如火车上两个互不相干的陌生人。无疑，这场相亲在媒人和亲人们的失望中宣告了失败，两人各回各家。

他走了过来，把南瓜藤拖到了岩石上，拍了拍身边的岩石，说："过来，坐这里，我们俩一起剥。"

我走过去，坐在他的身边。他不慌不忙地扯过南瓜藤，去叶，折成一段段，再把南瓜藤稍稍弄了个弧度，揭开起端的藤皮，干净利落地剥了下来，水淋淋的青色藤肉就露出来，他又把南瓜藤肉撕成细细的丝状。剥南瓜藤是有技巧的，否则总会留下细小的皮，影响口感。他这种有技巧的利落手法，通常是高手才能干得出来，比如我母亲、我奶奶。

我惊奇地看着他纯熟的动作。天边的日头迅速地向山头靠拢，时光如同泉水匆匆逝去。

他说："这地方好，适合谈恋爱。"

我倏地抬头看他的眼，此时太阳已经落在了山头。他说："走吧。"

我茫然地问："去哪儿？"

他看了看我，笑了，说："去你家，或者我家。"

我想了想，脸红了，说："那去我家吧。"

回到我家，母亲惊奇地看着我们俩。他喊了声"婶"，就拐进了厨房，留下我嗫嚅解释："我……我在崖下碰到他，请他来替我炒南瓜藤……"这理由怎么听都显得很牵强，好在母亲不太在意我的解释。我慌慌地进了厨房，他却气定神闲地开始洗菜切菜，仿佛这就是他家。南瓜藤在他的刀下，瞬间变成细细的碎末。切完后，他盛出一碗，把剩下的南瓜藤碎末撒上盐腌了，放进坛子里。他回过头对我说："过年回来，你还可以吃。"

是不是会做饭的男人都很性感？他的头发映射着柴火的火光，头发下的侧面轮廓非常立体。这是一张帅气英俊的脸庞，我想。

他突然转过头来，盯着我说："干吗？"我的目光躲也不是，迎也不是，我干脆厚着脸皮，悄悄地笑嘻嘻地说："你很性感。"

他笑了，没有说话，转过脸去。

很快，一碗肉末炒南瓜藤在他的手里麻利出锅。我伸出手指，拈出一撮，放进口里，南瓜藤特有的清香，在肉末浑厚香味的包围下，一种居家的、细水长流的味道从舌尖淌出来，我想起了"岁月静好"四个字。我想，这样的一生一世，也挺好。

第二天，他便带了"茶钱"过来，我们在媒人和亲戚惊奇的目光中完成"茶钱"仪式，定了亲。几个月后，我们结了婚，过起了细水长流的日子。

真正是一碗南瓜藤"误"了终身。

我就这样握着她的手，

感受她掌心的温度，听着她均匀的呼吸，

忽然觉得这么多年，

其实，我一直都睡在她身边，

睡在她的梦境里，她的心里。

当我睡在你身边

◎ 宁　子

　　多年后，直到父亲去世，送走他的那天晚上，我才第一次和母亲一起睡。

　　是我主动提出来的，觉得也许母亲一个人睡会难过，所以我说："妈，我跟你睡一张床吧。"

　　她看了我一眼，并没有表现出任何意外，只轻轻点点头说："好。"

　　意外的是我，因为说完那句话后，我才忽然意识到，这么多年，我竟然从来没有跟母亲同床睡过觉。从来没有。

血缘是有魔力的

　　出生后，我由外婆带，自然也跟着外婆睡。一年多后，外婆带我回了乡下老家，直到我快入学时，才回到父母身边。

那个年代，很多小孩子因为没有人照顾，寄养在祖父母或外祖父母家，我不过是其中的一个，并不觉得有什么不对。只是整个童年时期，我最熟悉的人是外婆。

但我并未因此和父母产生隔阂，一个孩子和自己家人之间的相互熟悉，几乎不需要什么过程，血缘是有魔力的。

回到家里，我便开始一个人睡，单独的小房间里有一张温暖的小床，粉红色的卧具，枕头边还有一只毛茸茸的玩具小熊。

没有了外婆的怀抱，我抱着小熊睡，很快也适应了，睡前会和小熊聊聊天。

读三年级的时候，有一次，听同桌的女孩说，她至今都让妈妈搂着睡——我丝毫不觉得羡慕，却很吃惊，觉得不可思议，怎么会跟妈妈一起睡呢？多别扭，睡在一起说什么？做什么？

想不明白。

那时候我小，不理解很多母亲和孩子之间那种无间的亲昵；后来慢慢长大，也偶尔目睹其他家庭或者影视剧中，母亲对孩子那种近乎矫情、肉麻的亲昵，才知道原来母女之间，是可以这样的。

爱和宠是两码事

母亲是生性淡然的那种女人，她的话不多，脸上永远是平静淡然的表情，喜怒不形于色。所以，她也从来不会对我表现出任何亲昵，不会叫我"乖乖"或者"宝贝儿"，也不拥抱我。但是，她也一样完全尽到了一个母亲的职责，照顾我的衣食住行，让我从小到大衣衫整洁、结实健康、有礼有节、与人为善……

母亲从没有对我唠叨过，对于每一个小孩子成长中都会犯的那些小错误，她持包容态度。新衣服穿了一天便弄破，她会不动声色地在破损处缝补一朵小花；我因顽皮打碎别人家的玻璃，她主动去赔；我考试成绩不好，她只会帮助我改正那些错误；我偶尔撒个小谎，她并不拆穿，但她的眼神告诉我，她知道……好吧，就是这样的母亲，从来没有要求过我考第一、当三好学生，没有约束我不能和男生交往、不能和陌生人说话，但也会在我早上出门前，在身后叮嘱一句，过马路记得看两边的车。

声音那么轻，在我的记忆里却很深刻。

慢慢地，我有些像母亲，不多话，那么多年，所有小女生的琐碎、八卦话题，我渐渐懒得提及。

除此，母亲好像并没有给过我任何宠爱和骄纵。在我的印象里，母亲安静到近乎漠然。而我对她，即使很小的时候，也从不曾纠缠、撒娇，好似我和她之间缺乏这样一种情感。

母亲爱我吗？这个问题，长大以后我自问过多次，得出的答案是，当然爱，每一个母亲都爱孩子。或者因为爱孩子除了天性使然，还是天下母亲的责任。

可是母亲宠我吗？答案却是否定的，因为从没有过被宠的记忆。

所以我一直觉得，爱和宠是两码事，直到恋爱后，被男友带回家做客的那一天。

原来她是宠我的

那天，男友的母亲去厨房准备晚餐，礼节上，我知道应该过去帮忙，于是主动跟着她去了厨房。

可是走进厨房的那一刻，我傻眼了，这才意识到我完全没有关于厨房的知识，我不仅不会做饭，甚至不会洗菜、切菜——24年来，我进厨房的唯一任务，是端饭。

想帮忙是真心的，但是帮不上。于是，我站在那里手足无措。

男友的母亲看出我的尴尬，笑着推我出去，说："用不到你的，去吃水果吧。"

我不好意思，赶紧表明态度："阿姨，我有点笨，以后我会学。"生怕她会因此对我和男友的感情亮红灯。

男友的母亲脾气很好，笑着说："没关系，一看就知道，是你妈太宠你。"男友也在旁边说："对，就是她妈妈惯坏的。"

我并没有反驳，只想摆脱眼下的困境，就随他们认定是母亲宠坏了我吧。但是后来吃过饭，在男友送我回家的路上，我又想起这个话题，对男友说："我只是没学过做饭，才不是我妈宠的，我妈就没宠过我。"

没想到男友反应强烈："你还有没有良心？你妈都宠得你四体不勤、五谷不分了，你还说她不宠你？你自己想想你会做什么……"他这一通咋呼，让我愣怔起来。是啊，我会做什么呢？我不会做饭，哪怕简单的煮面条，不会做任何针线活儿，不会洗衣服，不知道怎样把一间屋子收拾得窗明几净……原来，我就是那种典型的衣来伸手、饭来张口的孩子……想着想着，我得意地笑起来。

我终于知道了，母亲宠我。母亲的宠，和她的性格一样，因为过于安静淡然，所以润物细无声了。

睡在她的梦境里

在这个和母亲躺在一起的晚上，在慢慢地说了父亲好久之后，我们依然睡不着。我想换个话题，就跟母亲说起这件事情来。我问她："妈，你什么都会，怎么都不教给我呢？也不怕我这么笨，以后嫁不出去？"

母亲竟然微微笑了笑："笨有什么不好？笨人有笨福，你不会，日后自然有人替你去做这些事，你就可以少辛苦些。什么都会了，就免不了什么都要做，一辈子操劳。我情愿你像你爸，连瓶开水都灌不好，虽然病患无情，早早去了，但有生之年，他过得很好。我什么都没有要他做过，把他照顾得无微不至……"

母亲的思绪，还是转到了父亲身上。也只有说起父亲，她的话才多一些。

　　轻轻侧过身，我朝向她，只看到她面容模糊的轮廓，看不到她的表情是忧伤还是平静。而所有这些话，她从来不曾对我说过。

　　然后好半天，我们就那样握着手，谁都没有再说话。我没有问她为什么很小的时候，不让我睡在她身边，也没有问我自己，为什么这么多年，没有想过和她一起睡一晚。我就这样握着她的手，感受她掌心的温度，听着她均匀的呼吸，忽然觉得这么多年，其实，我一直都睡在她身边，睡在她的梦境里，她的心里。

　　而母亲不说，因为她知道，总有一天，我会懂。

豆面抿尖儿

◎ 玛雅绿

  我的家在山西中西部的一个小县城里，20 世纪 80 年代，我们碗里的食物大都是母亲用不同种类、比例的粗细粮做成的各种面食。在经济宽裕之前的很长一段时间里，她用她自己的方式在面盆里调配着一家六口人的食物，比如黄白相间的花卷儿就是玉米面与白面的交互，比如红黄相间的面条就是高粱面与豆面的相遇，比如深灰色与黄色绞成的窝窝头就是糜子面与玉米面的合作……

  它们大多数无论过去还是现在吃起来都没什么区别，但只有豆面做的一种面食，叫抿尖儿，它的味道在我的人生中几经转折，而且原因不详。

  5 岁的时候，每次一看到父母把一个类似铁皮搓衣板的东西架在开水大锅上时，我就开始撇嘴。我怀着就义一般的心情面对要下咽的豆面抿尖儿，它很扎喉咙，真的很扎。

我起先扭扭捏捏地敷衍，一碗豆面抿尖儿剩大半碗就撂下不吃了。那时父亲脾气差，有次被他揪回去教育，可是害怕得已经哭了的 5 岁小女孩哪儿还能吃得下饭，一紧张将剩下的半碗也打翻了。这下父亲更加恼火了，像老鹰抓小鸡似的抓着我的衣服，然后把我狠狠地撂在地上……这是父亲第一次也是唯一一次对我使用暴力。

母亲见状抱我起来，问我为什么剩饭，我只记得自己哭哭啼啼解释："抿尖儿扎喉咙，一吃就扎……"她听了之后竟然笑了，问哥哥姐姐有没有觉得扎喉咙，他们很茫然地回答："没有啊，不扎啊。"母亲说："看来就你挑食。"

此后每到豆面抿尖儿日，母亲就给我开小灶热个白面馒头吃。

于是，我与豆面抿尖儿从此互不相犯了。

日子一天天过，20 世纪 90 年代，我家的经济开始宽裕起来，粗粮也渐渐地在餐桌上消失了，母亲再也不用费心计算粗细粮的搭配比例，给我开小灶也越来越少，因为已经用不着了。倒是怀旧的父母偶尔会给自己开小灶做豆面抿尖儿或玉米面窝窝头。

可是好景不长，1995 年，我初二那年，不知从哪天起，饭桌上各种杂粮面食又开始卷土重来。13 岁的姑娘有生以来第一次偷偷分析生活水平降低的原因：姐姐上大学了，哥哥中专毕业刚开始工作，我家盖房子借的钱还没还完，物价上涨了……对的，就是入不敷出！

意识到这点后，我从隐隐的不安变为默默的羞愧了。

北方的冬夜，妈妈的晚餐快好了，是一锅豆面混玉米面的稠糊糊，吃法也很原始，就是夹一筷子面泥再蘸蘸加了盐和大蒜泥的老陈醋，唯一的菜是腌了一冬天的酸菜。

围着炉子开饭了，父母都说好吃，说他们小时候就这样吃。我不作声，努力表现出味道还不错的样子，而还在上小学的弟弟就不认账了，说那团黄黄黏黏的面团像狗屎……

13岁的我竟然从没有与别人聊天分享谈论过这种食物。甚至我直到现在都叫不上它的名字，但我记得那味道。奇怪的是，从那天晚上开始，我竟然越来越喜爱吃杂粮面食了，甚至连面食宿敌——豆面抿尖儿，都可以顺利战胜了。

春天的北方总是尘土飞扬，中午放学我如往常一样一到家就先奔厨房，母亲正在准备做豆面抿尖儿的工具，父亲出差了，母亲喊我帮她抿面入锅。在灶台跟前看锅内的抿尖儿分外有意思，像在喷泉里嬉戏的小鱼儿。开饭了，我申请分了母亲的半碗抿尖儿，她还担心地说，要是不想吃倒在她碗里就好。结果是，我吃完了，而且并没有觉得扎喉咙……

于是长达8年的一口不食豆面抿尖儿的历史就这样莫名其妙结束了。虽然我并没有多爱吃，但至少我不讨厌它了。母亲再也不用给我热白面馒头了，开小灶的特权自然被收回了。

很快我也要上大学了。我在大学里无法得知家中到底吃些什么，他们给我的生活费尽量宽裕。相比家中的伙食，我的好太多了，至少我不用再吃粗粮了。可是我发现，杂志上、电视上开始报道粗粮如何有益健康，粗粮的价格一天比一天贵，送礼都送包装精美的五谷杂粮了。

直到我大学毕业工作后，家里才稍微宽裕一些了，但我回家的机会也随着工资收入的增加变得越来越少。当公司周围所有的餐厅我都吃到腻得抓狂时，我开始试着自己带饭，可是带了两次之后又觉得生活好凄惨：我如此努力地工作，为什么每天都要吃剩饭？

之后，我辞职了。这一次，我休息了两个月，每天，我都可以自在地坐在洒满日光的厨房餐桌边陪着父母吃饭。我的味觉记忆是母亲做饭的动力，我想吃大锅菜，我想吃豆角焖面，我想吃枣馍馍，我想吃面皮儿……他们买来越来越贵的粗粮，但还是怕我不爱吃，总是体贴地做点白面馒头或者蒸点米饭让我自由选择。但没过多久就发现，他们已经不用如此照顾我的旧习惯了。我看着玉米面发糕眼睛会发亮，我吃莜麦凉面狼吞虎咽，连不掺白面的豆面抿尖儿，我都吃得意犹未尽……这让他们诧异极了！

他们将其归于是我太想家的缘故。可是只有我自己知道，胃是一部无法格式化的电脑，它永远记得它最早接触的食物味道和营养，不仅如此，它记录的人情世故和时间岁月也是无法格式化的。

是啊，多好吃啊，豆面抿尖儿！细细滑滑，小鱼儿似的，隐约的豆香和松软的口感，再配着西红柿鸡蛋卤子和两瓣儿大蒜就是顶尖的美味呀！

　　直到今年，我带回家见父母的那位一直在南方长大的男人竟然也同我一样在餐桌前咂嘴："还真是，咱家最好吃的面食就是抿尖儿呀！"

　　是啊，多奇怪，从前最讨厌的食物怎么会在 20 多年后变成了心里最惦念的食物？有人能解释吗？

假如有一天我举办婚礼，

姥姥，那一定是因为你，

为了能让你吃到我的蛋糕，

看着我慢慢变得像你。

岁月如此多娇 /

放下那块萨其马

◎ 淡　豹

一

我姥姥 83 岁，属羊，山东人。

小时候我觉得她超牛，在她面前我从来都是噤声听她训话。最近几年我学了门名叫"人类学"的学问，吃的是研究人的这口饭，就开始扬扬得意地向她宣传我对世人的看法，可几乎每次都觉得还是她说得更对。

最近一次，跟她聊我的一位熟人，依我看，此人不卑不亢，对老板和实习生都一样有礼有分寸，堪称好个性。但姥姥表示，这不叫个性好，也未必是人好，兴许是脑子好——哪个实习生未来能发达，哪个眼歪嘴斜的老板以后碰巧落难，这事都难说。

像我姥姥这样，从每天都是政治斗争的日子里活过来的升斗小民，多少都有这种敏感吧。很难说平时沉默无比的同事，哪天就上了青云顶，谁又知道自己哪天不会被扫大街的老头儿递的一杯热水所救？非得对谁都不卑不亢才行。

二

依我看，姥姥这种生活观念是以命运难测为出发点的一种实用主义。她是我认识的人里，仅有的一个几乎毫无负罪感的人。她能看到错误和不幸，但坚决只归因于偶然、环境、命运。所以她有时犯傻，但从不软弱，凡表现出来的软弱都不太诚实。她从不自我谴责，光伤心不绝望，遇到困难时，她或闹，或埋怨，或插刀，或说瞎话，或埋伏好等待还击。

从实用主义到行动主义，其间的距离短极了，姥姥欢欢喜喜地成了个坚决的行动派。她见佛就拜，见鬼插刀，认为面对事情只要应付处理就是了，没什么好怕的。有回我告诉她，我在工作中碰到了需要对付的坏人，她不屑地表示："那些人应该都挺弱的吧？"我心想，你可能没想到你外孙女比谁都弱。

2001 年到 2003 年，两年间，我舅舅和姥爷被诊断出患有同一种癌症，意外而迅速地先后去世。那时我还小，近几年才逐渐能从女性的角度去体会姥姥那几年间的处境：她唯一的儿子 40 多岁就骤然早逝，丈夫也随后离开，长时间的忙碌奔波让暂时悬置的伤痛在第二场葬礼后爆发，留下的是真空也是黑洞。

姥姥很悲痛，她觉得自己再这样悲痛可能要活不下去了，此事需要有效率地解决。于是，她把目力所及的主要合法宗教全部考察了一遍，最后信了佛教，从此家里终日是酥油茶的芬芳。

三

我管姥姥这种态度叫选择派生活。基本方针是挑着过，对那些无法视而不见的困难在战略上重视，而在战术上若无其事地绕过。譬如姥姥 80 岁以后开始耳背，我大姨和我妈都向我反映了这个现象："我们说话她都听不见了，看电视好像还听得清，可能电视音效好。"

但给姥姥打电话时，我判断此人听力甚为敏锐，反应甚为敏捷。

过段时间，那些妇女都发现了："她是想听就听得见，不想听就听不见。"但凡说她坏话，她隔一个房间都能听见，但那些妇女们问她"妈，您听见了吗"这种问题，她就木然以对，坚决听不见。

我想那我去正面质询一下吧，就问她："是真听不见，还是假听不见啊？"

姥姥不屑地说："她们说话没什么好听的。你大姨净说狗，你妈净说瑜伽。"

"那我小姨呢？"

"你小姨净胡说。"

实用主义者当然不爱假客气，我跟姥姥说："你最漂亮了。"

她说："哪里哪里，老毛猴儿。"

电话里我告诉她，我养的猫特依恋我，假如我关了房门，出来时它必定趴在门口等我。

姥姥镇定地表示："老鼠要是进洞了，猫都趴在洞口守着。"

四

说来有点特别，我对姥姥的感情更近于欣赏。这并不是因为她照顾过我，我感其恩德要日后相报的那种感情，而是庆幸血缘给了我认识这个人的机会。失败和犯浑的时候，我常想她会怎么做。谈恋爱谈到投入时，我往往会有放下工作跑去给对方做饭的冲动，每当这时心里就一激灵，想起姥姥的行事，希望自己能像这个"30后"女人那样，话说清楚，不让不忍，把自己的欲望和权益都照顾好，先哄高兴了自己再去照看别人。

姥姥爱吃零食，尤其爱吃甜的。困难年代，姥姥的话梅糖、蛋糕之类甜点供应不足，真痛苦。后来，她得了肝炎，有资格买病号点心吃。她每次讲起这个意外的肝炎事件，都一副"好人终究有好报"的神气。

她把那些点心藏在柜子顶上。20世纪50年代末，我大舅还是个小不点儿，趁姥姥上班，踩凳子上柜顶偷点心。姥姥下班急着回家吃零食，进门正撞上这一幕！这边她欲冲而夺之，那边大舅发现露馅儿了，干脆站在凳子上不下来，胳膊跟吸盘似的扒住柜顶，把脚跐成筷子状，高举胳膊，吃上一口算一口，赶在姥姥抢走之前把已经拿到手里的点心塞进嘴里。据说姥姥站在地上，牢牢抱住大舅的腿，怎么拽也拽不下来，她眼看点心进了儿子的嘴，一声哀吼："放下我的萨其马！"

吃是吃上了，可大舅因此挨了一顿揍，他愤恨地表示："妈，我总有一天会长大的。"

后来姥姥年事未高就得了糖尿病。拿到病理报告那天，她下班垂头丧气地回来了。那时在家里帮忙的小阿姨叫燕子，是个十七八岁的小姑娘，我叫她燕子姐姐。姥姥在餐桌前坐定，手按心窝顺气，缓了好一会儿，下定决心，把燕子姐姐叫过来，悲恸道："零食都是你的了。"

五

我也爱吃甜的，水果、点心、奶油蛋糕当饭。有一年跟一个男生谈恋爱，时日不巧，刚开谈一个月，该男生因事远行，转年才能回来。告别时他特别忧虑："我回来的时候，估计你已经得糖尿病住院了。"

去年姥姥来美国看我，我早早计划好带她去一个甜品店吃她喜欢的意式冰激凌。周日傍晚，街上人少，橱窗外的人都慢慢走着。我们在一张小圆桌旁挨着坐下，点一个浅绿色开心果味的冰激凌球，嫩玉般透亮；一个粉红色朗姆草莓味的冰激凌球，灿如霞珠。看着姥姥用小勺一层一层地刮着吃，我也挖一勺入口，冰激凌好像冰跳跳糖一般噼里啪啦地在口中散开，慢慢抿一会儿，舌头上就汪出奶油的小池塘。在冰激凌店里，坐在姥姥旁边那一刻，看着她抿着冰激凌安恬的模样，我突然有恍如酒醉的感觉，希望坐在姥姥旁边的这一刻永远都别结束。

我们旁边是收银台，我听见收银员问一位顾客偏好的巧克力口味："您喜欢偏苦的还是带点酸味的呢？"

顾客是位穿西装三件套、戴领结、头发全白的老绅士，他沉吟着回答："是礼物，我还不了解对方的口味。"

然后老人捧着一盒巧克力走到我们桌前送给姥姥，对她说："希望它给你带来快乐。"

可惜姥姥年轻时整天都在忙着入党，没有好好学英语，否则就能迎来人生的第二春！但最给力的一刻是老绅士走后，姥姥咬了一口巧克力，说："太硬，咬不动，不好吃。"

我决定，不学提高被搭讪的方法，而要学这种睥睨天下的气度。

六

去年夏天特别热，电话里姥姥说："太热。"

以前她跟我描述自己的生活时曾说："最喜欢阴天或者下雨下雪，我就可以躺在床上看小说。"当时感觉十分穿越，差点问："姥姥，你是在看亦舒吗？"

这回天热，她没法躲在屋子里看小说了。电话里她叹了口气："活着太困难了。"然后这位老年糖尿病患者顿了一下，说："不过天热也有好处，可以随便吃雪糕。"

我说："那你就吃呀！"

她说："懒惰，不想下楼去买。"

我说："那我假装给你送雪糕吧。"

她说："好，我收到啦！"

估计谈恋爱谈到最恶心的境地也就是这样了吧。

我跟姥姥确实挺腻歪。家人中，我是给姥姥打电话最多的人。而姥姥最喜欢跟我大姨、我妈她们不露痕迹地炫耀我俩的亲密关系。昨天她们一帮中老年妇女一起吃烤肉，她低调地提起我又给她打电话了，而且两人唠了很久。

我妈酸溜溜地表示："有什么好说的啊？你们能有什么话题，都聊什么啊？"

姥姥神色自若地回答："我们就说，我想你啊，我爱你啊。"我妈气得胡子都要长出来了。

七

今年我妹妹结婚，姥姥特别高兴，又逛街又约裁缝，连买带做准备了 6 身新衣服，套装、西装、唐装应有尽有。我说："原来伴娘是你啊！"

到婚礼前夕，她没挺住群众舆论带来的恐慌，担心人家议论她这么老了还打扮得花枝招展，最后穿了身旧衣服去了。

我妹结完婚，姥姥表示了对"剩男"我哥的担心："小某嫁出去了，小某眼看就要砸手里了。"

她倒是不怕我砸在手里。姥姥总嫌我脾气不好，她觉得我跟谁谈恋爱就等于坑谁。我上大学时，姥姥说："咱家也没什么仇人，不然以后把你嫁过去多好。"

现在她看到我男人，可能在琢磨："怎么就害到了这个好孩子啊。"

假如有一天我举办婚礼，姥姥，那一定是因为你，为了能让你吃到我的蛋糕，看着我慢慢变得像你。

哥哥

◎ 玛雅绿

这一次，我们坐下来聊天

哥哥大我 6 岁，属龙。

有一年冬天回家过年，我途经省城，恰好他也在，他正在喜滋滋地给自己买人生的第一辆车。他邀我索性等他几天，搭顺风车一起回家。我想想也没要紧事，就等等好了。

这么多年来，我们很少坐在一起聊天，一是因为年龄差距，二是因为性格迥异。他从小懂事孝顺，而我则是叛逆古怪的代表；长大后，他是"父母在，不远游"，我却能跑多远就跑多远。见面的机会本不多，加上成年后他比小时候更寡言，以至于我们对彼此的了解，很长一段时间以来都还停留在少时，一直未更新。

没想到终于有了一次机会，让我们能好好地聊聊天。

聊现实困境，聊社会新闻，聊男女差异，聊儿女情长，聊精神的瓶颈与所得所失，聊生命属性是如何如梦如幻如泡影，聊幸福其实要靠天伦之乐而非个人成就，聊爸妈一辈子悲剧的个人情感与完满的家庭模式之间的矛盾……我们第一次交换着这么多年来各自的喜怒哀乐、内心变迁，也交换着彼此的荣光和狼狈。

我分享给他这么多年来我去过的地方和见到的趣人趣事，且尽可能讲得绘声绘色，潜意识里甚至希望自己就是他的一只眼，因为他已没有如我一般的自由。我知道其实他有两颗心，一颗安放在父母身边，还有一颗是天大地大任我行。

我记事的时候，他已经小学四五年级了，暑假经常能看到他背着泡沫箱走街串巷地卖冰棍儿，有时也能看到他去捡酒瓶儿卖废品，或者是去摆地摊给人借阅小人书，看一本两分钱……他赚的钱一分不花，回家悉数交给我妈贴补家用。

他的早熟懂事并未让他少挨揍，他在河里山里流连忘返，他玩着那个年纪的男孩子都爱玩的游戏，只是他玩得更高端而已。别的孩子玩到最后就是破坏力的呈现，而他则是化腐朽为神奇。

他上初中后，竟然无师自通地学会了修表、配钥匙，他有自己的工具箱，是亲戚邻居信赖的免费修理匠。他可以做出自动捕鼠笼，也可以用枣木刻出月饼模子，甚至可以纯手工给自行车做出防滑链。他会画画，而且画得很好；他集邮、集火花都很专业；他看中医的书和《周易》；他听古筝和二胡；他在学校里的物理成绩极好；就连玩游戏他也比我们玩得好，比如俄罗斯方块和魂斗罗，没人能比得过他。

他的天赋让我们望尘莫及，而他的品行更是甩出我们几条街。

桌上有陈馒头和新馒头，他从来都是主动拿陈馒头；有剩饭他每次都主动请缨去消灭；下雪天，看到路边的老人，他会主动骑车载他们，然后回家被我妈骂万一摔着人家怎么办；初中时同学给他一个苹果，他不舍得吃，带回家一切两半，放到已经入睡的我和弟弟的枕头边；爸爸出差时，他会毫不犹豫地允诺每天负责接送我和弟弟上下学，有次大雪天，他放学晚，怕我和弟弟等得着急，一路把二八"飞鸽"骑得飞快，等骑到时他眉毛上都挂满了雪花，我和弟弟笑他是"白眉大侠"。

……

我们都觉得他将来肯定最厉害最有出息，因为他就是课文里的好少年。

一再退守的人生

他考上了挺好的中专，我偷偷翻他的笔记本，有同学给他画的头像，旁边写着"神童某某某"。3 年过去了，他被分配到中铁某局做建筑预算类的工作，爸妈都很高兴，从此家里多了一个 18 岁就能挣工资的人。

他每年大半时间都在出差，带回家的东西有信阳毛尖也有青岛咸鱼，有玉石象棋也有胶片相机……看照片就能知道那个时候的他有多么的意气风发，外加年轻帅气人缘好。

没过多久，一直在边工作边学习的他又考上了上海交大，全家都为之高兴不已，但电话里的他却没那么兴奋，3000 块的学费让他犹豫了。历来都极为重视读书的爸妈一听，让他别担心钱，只管去。但不管爸妈怎么说，最终他还是放弃了，他觉得让不宽裕的家庭再添负担于心不忍，自己能帮父母多挣点钱更重要，因为他的弟弟妹妹都要一个接一个上大学了。

两年后，春节的时候，我们发现他好像恋爱了，他会偷偷打电话，神情还很甜蜜。追问之下他才说，身上穿的黄色毛衣就是他喜欢的那个女孩帮他织的，她与他在一间办公室。

又过了一两年，忽然有一天，他回家了，与从前的神采飞扬不同，他瘦得不成人形，几乎不讲话。我有一次去他房间取东西，看到他一动不动地蜷在床头，看着窗外流泪，那样子让人既痛心又害怕。后来我从妈妈那里知道他失恋了，那女孩儿最终选择了他们办公室科长的儿子，个中缘由也不清楚。他的样子让爸妈心疼又无奈。

他不想再回那个单位上班，跟爸说要把工作调回老家。一段儿女情长就让儿子无心志在四方，还是长子，这让父亲多少有点儿失望。

一辈子不擅社交的爸爸，最后总算找关系送礼将他调回老家，安排在一个月薪只有 700 多块的单位。从此，在一个只讲拍马屁和人情关系的小地方，他的才华只能收进囊中，再无机会施展了。

我们都为他惋惜，因为那个曾经会带给我们外面世界新鲜空气的哥哥已经变了。

日子一天天过去，我上了高中，也越来越不欣赏他的沉默寡言和"懦弱"，而他也显然不怎么欣赏我，因为他经常会皱着眉头说我太自私任性。尽管如此，高考填报志愿的前夜，也是他熬了一整夜耐心帮我理好备选大学的名单，而我早已呼呼大睡。

很快，他开始相亲，面临一切世俗的考量和羞辱。尽管如此，他从来都是一边毕恭毕敬地应付着七大姑八大姨的张罗，一边又沉默地面对着自己内心的标准，而这两者从根本上无法调和。

他渐渐被夹击到了必须二选一的地步。很遗憾，他选择了放弃自我。他很快就结了婚。他以为自己可以如人所说"过日子要什么感觉"，也以为"不过就是些柴米油盐"，可是日复一日，他与"过日子"无关的精神需求竟然越来越多，而这些却是他的妻子无法满足和与他产生共鸣的。

完全不适合他的婚姻如削足适履，绑缚了他所有的自由和好心情。在家庭责任感和自我压抑的无解矛盾中，他毫不意外地陷入了中年危机。

自爱方能爱人

在他的人生中，每个关键节点他选择的都是退守，于他自己而言也并非无知无觉，但为什么还是选择了牺牲自我成全些别的什么？每次他都认为是值得的，可是真的值得吗？

他难道不知道，他完全可以去读他的大学，再赚更多的钱来帮助家里，也完全可以换个办公室眼不见为净，发展自己的事业？选择一桩不如意的婚姻可能会面临什么，他难道真的不知道吗？

我想以他的智商和情商，他不会不懂。

是什么让他从一个善良、聪明、前途无量的少年变成了一个表面上寡言庸常的中年男人，这中间到底是什么在起关键作用？环境的落差、命运的造化，还是自身的无知？好像都不是。

小时候，有一次他问我："你说人为什么活着？"我说："不知道啊。"他很有把握地在纸上写道："为了爱自己的人和自己爱的人！"我茫然地记住了他的话，而他，却将那句话付诸行动……

他重情而求心安，也比我们更无私，他实践着他随时准备牺牲自我的爱，但他的不幸却让他身边的人越来越不能放心和安心。

也许那次聊天我忘了跟他说的是，真正尊重爱、在乎爱的人，是该让爱双向流动的，也必须让内在的自我与外部的世界取得平衡。爱从来不是对意志的服从，也不是形式上的委曲求全，更不是简单地放弃自我，而是最终要自己幸福，再帮助别人幸福，让自己在乎的人放心，那可能才是爱的最终胜利。

也许我还忘了告诉他，当那个曾经自私任性的妹妹终于慢慢学会了付出和妥协时，那个无私懂事的哥哥是不是也该学会爱自己、坚持自我呢？

谨以此文分享给你，我亲爱的哥哥。

妈妈的五斗橱

◎ 柴岚绮

妈妈的五斗橱，在童年的我心目中，是威武庞大的。它应该是当年最流行的样式，右边有五个宽大的抽斗，左边是半扇带拉门的储物柜，它们并肩站立在一起，顶上还安了一块镜子，这样，就成了一个又高又宽的多功能家具，被漆成深沉庄严的紫红色，静静矗立在妈妈卧室的一角。

我们家有四口人，五个抽斗除了第一个，余下的平均分配给家里的每一位成员。第一个抽斗地位最为特殊，专门用来装家里的重要证件——户口本、结婚证、毕业证，里面还有一只装藕粉的盒子，放粮票和钱。下面四只抽斗，依次分别属于妈妈、爸爸、哥哥和我。

妈妈不在家的时候，我最喜欢翻她的那只抽斗。那时我应该刚上初一吧，虽迟钝，却也开始有了美丑的概念。妈妈很漂亮，但我长得并不像她，我想是不是因为这个，妈妈不喜欢打扮我，另一方面，家里也没有多余的钱。

我摩挲着她抽斗里的黑丝绒裙子、果绿色的泡泡纱短袖夏装、双层领的乔其纱上衣。

时间宽裕的时候，我还会拿出她的衣服，摆在胸前，站在大衣柜的镜子前，羞涩地照上一照。当然，在妈妈回家之前，我会把她的衣服收好放回去——那是我一个人的秘密。

爸爸的抽斗是没有什么可翻的，我自己的抽斗也乏善可陈，不过里面新放了两双桃红色的毛巾袜子，是大姑送给我的。我为那两双软软的鲜艳的桃红色毛巾袜子，久久地欢喜着。

第一只抽斗是唯一上锁的一只。妈妈有一大串钥匙，其中一把就是开这个抽斗用的。

有时她刚打开，却被喊出去了或者突然想到厨房里正烧的菜，来不及关上，转身就走了。我便很激动地凑上前，踮起脚，试图偷窥里面的秘密。其实并没有什么特别的东西，但是能看到那些平时不大能够见到的证件，红红绿绿的粮票，还有一个深蓝色的长条形袋子，上面写着"工资袋"。看到这些，我心里就踏实下来，觉得所有的日子都在妈妈的掌握之中。

前年，我装修房子，买家具的时候，买了一个五斗橱。比妈妈的五斗橱要小上两号，颜色是咖啡色的。深紫红的家具，现在已经找不到了。

　　第一只抽斗，我想都没想，就直接用来装家里的各种证件。现在的证件比从前多多了，毕业证、职称证、结婚证、房产证，甚至还有工会会员证，大大小小，厚厚一摞，但是不再需要装粮票和钱了。剩下的抽斗，用来装我和丈夫的换洗内衣。小孩有她自己的房间，有单独的整面墙的衣柜，不需要把衣服和我们的放在一起。

　　我的孩子也不像我小时候，对装着妈妈衣服的抽斗感兴趣。当我把买回来的新衣服给她看时，她总是直截了当地说"好看"或"不好看"。

　　我的妈妈现在快70岁了，她每天来我家里"上班"，给我们煮饭，等着我的孩子放学，给她凉好水，把水果切成片。有时，我的小孩中午不午睡偷偷玩手机，她会等我下班后立即把我拉进厨房小声向我报告，报告完又赶紧补充："别说她，我只是跟你说一下。"

　　除了做饭，妈妈还试图包办我家里的一切家务。我每天早晨洗好衣服，她来了，就把它们都拿出去晒。她喜欢追着阳光，有点日头就要把阳台挂得五颜六色，晒得满满的。

　　傍晚我们回家了，饭已经做好了，衣服也都收回来叠好了，被有秩序地送进我们每个人的抽斗里。我不知道妈妈在拉开关上它们的时候，有没有想起自己从前的那一个五斗橱，还有那个我一直难忘的装着全家生活费的淡绿色的藕粉盒子。

　　有一天我回家，妈妈说："我也想买一件像你这样的风衣，薄的。"我立马意识到，她是太需要了才会这么说。我飞快地上网下单，买下一件大号的。妈妈现在肚子大了，经常把双手放在肚皮上，来来回回揉。

当我上班去了，她为我叠衣服的时候，是不是把这件风衣拿在胸前，站在镜子前比画了一下呢？就像我小时候经常做的那样。

我想象着那个画面，热泪盈眶。我多想告诉她，我曾经是那样地喜欢偷偷试她的衣服啊。但是我不会说，我怕她听了难过。

北京，感谢你温柔相待

◎ 小昭奸妃

那段时间经常看到朋友刘先生发青岛海鲜、海景的美图馋我们，我还以为他休了一个长假，某天电话中经他亲口确认才知道，原来他换了工作，移居青岛了。

一直以来我对于"离开北京的人"都有一个刻板印象，就是在北京过不下去了。比如我的一个妹妹，她大专毕业来北京，找了一份文员的工作，一个月的工资交了房租之后所剩无几，坚持了一年多就回老家了。

可刘先生并非如此，他一直在"500强"企业工作，职位不错，薪水不错，最起码生活是没什么压力的。他这样彻彻底底地离开，真的让周围的很多人都感到意外。

而我们，为什么不离开这座城市呢？

大概是因为，这座城市有太多记忆、情感、牵绊。不知道有多少人和我一样，18 岁一个人跑到北京来上大学，成年后的绝大部分时间都是在这个城市度过的。大学同学、朋友、同事……主要的人际关系都在这座城市。其中的酸甜苦辣并不是一两句话能够说得清的。

想起几件小事。

2008 年的中秋节，我从一个商场买东西出来，大概晚上 8 点多的样子，打车回家。路上跟司机聊天，说起他的和我年纪差不多的女儿。下车的时候，他说："小姑娘一个人在北京不容易，不收你钱了。"

前年，由于房东要卖房，我很仓促地搬家，愁眉不展地去买搬家用的编织袋，由于东西太多，我已经是第二次去那家店买袋子了。

结果找钱的时候，店主手里捏着钱迟迟不给我。我就问："怎么不给我找钱啊？"

他说："我就是想逗逗你，别愁眉苦脸的。小姑娘笑起来才好看，将来才能嫁个好人家啊。"

有一天突然下雨，国贸附近很多人没带伞，都被雨淋了。我看到一个姑娘在路上跑，就过去说："我帮你打伞吧。"然后一路把她送到车站，到现在我们还有联系。

朋友某天一个人去新旺吃饭，和一对年轻的情侣拼桌，吃饭间就听两个人几千几百地在算装修的花销。

朋友先吃完，出去的时候帮他们也结了账。

他后来跟我说，特别羡慕这种踏踏实实过日子的小两口。

有一段时间，我每天下班回家都能和一只黄白花流浪小猫相逢。

开始的时候我们就是相互看一眼，后来慢慢熟了。

某一天我停下来想跟它说话的时候，一个看起来很痞子气的男人从我身边走过，小猫很自然地走过去蹭他，让我很是羡慕。他用浓重的京腔对我说："它每天在我家楼下吃饱猫粮，看这小崽儿肚子鼓的。"

然后小猫头也不回地走了，他也走了。以后我细心观察，果然每天小猫都是肚子鼓鼓的。

这些都是小事，很小很小，却能让你在这座城市勇往直前、披荆斩棘的时候，感到温暖，给你力量；让你更确认自己的选择，更坚定地去做自己喜欢的那个人。

很多时候我想，之所以不离开北京，是因为就算有各种不好，但一路走过来，是我自己的选择，是我自己的经历。而这座城市一直以来给我的温柔与宽容，让我真的能好好地做自己。

就是他的这道山西招牌大烩菜，

我吃过一次后便欲罢不能，

只要热腾腾一锅端上来，

每次都吃得很干净。

定情地和定情菜

◎ 赵款款

那年我和 L 先生认识不久，尚处于两地奔波的异地恋状态。我和损友们相约去婺源看油菜花，软磨硬泡把他骗了去。他一个大男人带着四个姑娘，一路倒也欢乐。我们的恋情算是经受了"组织"的考验。

在小山村里吃了一段时间的炖鸡肉、炒柴鸡蛋之后，我们又奔着热干面、鸭脖子杀去武汉。

在武汉的最后一天，小伙伴分开行动，各自乱逛。

我俩走累了，坐在某个广场的一个湖边小憩。L 先生说："明天到北京再陪你一天，后天我就回山西了。"这句话仿佛晴天霹雳一般炸醒了我。都一起"流浪"过了，都接受了女友的考验和祝福了，为何还要回去？异地恋怎么就没有结束的那一天呢？

我环顾了一下四周，好像人不多。然后，我调整了一下坐姿，面对湖水，先是默默饮泣，继而号啕大哭。没错，就是毫无形象地大哭……

偶尔有人路过，都是瞥一眼便加快脚步走过去。

L赔着小心坐在一旁，也不说话，时不时递给我一张纸巾。我恶狠狠地接过，蹭一纸的鼻涕眼泪再扔给他。

我想：该到结束的时候了吧！我决定过一会儿就擦干眼泪，就在这个倒霉的湖边结束我们的关系，桥归桥，路归路。

大概哭泣太耗体力，我好像有点儿饿了，就不自觉地想起了L先生做的大烩菜。

他说自己原本是不会做饭的，只是在长期的单身汉生活中掌握了将各种蔬菜乱炖到一起的技能。可是，就是他的这道山西招牌大烩菜，我吃过一次后便欲罢不能，只要热腾腾一锅端上来，每次都吃得很干净。

啊，大烩菜！分手了怎么办？就吃不到了……我还没有学会怎么做呢。饥肠辘辘的我想着大烩菜，又哭了起来。

L先生看我本来要偃旗息鼓，刚刚松了一口气，没想到我又哭起来了，他无比烦躁地站起身。我抹一把眼泪，用通红的眼睛盯住他，恶狠狠地问："你要干吗？"

他无奈地撇下两个字："买水。"

这一哭，又是半个小时。我念在大烩菜的份儿上，进而想到生活里有他的各种片段，然后就劝慰自己：要不就再等一等好了。

　　慢慢地，我不太想哭了。可是，就这么停下来又好像不甘心。这个榆木脑袋又不会哄我。怎么办呢？我就努力想一些难过的事情，继续哭。

　　春日里湖水平静，行人匆匆。有个衣衫褴褛的老人一直徘徊在我们附近，还时不时地打量我们一眼。于是，我的悲伤化为怒气，心里默默地想：看什么看！没见过有人哭啊！

　　L先生也觉出了异样。他突然拿过我的矿泉水瓶，一口喝干，走过去把瓶子递给那个老人，然后走回来跟我说："他没看你，他在看你的瓶子。"突然间，我就觉得有点儿可笑。看到旁边有人卖大杧果，就顺势说："我要吃杧果。"

　　第二天，我因为吃杧果严重过敏，脸又红又肿，头大了两圈。他在北京照顾我几天后，回了山西。异地恋变成一场持久战。

　　如今，我们步入婚姻已有好几个年头了。我们共同去过很多地方旅行，一起又创造了很多新的故事，但是，在武汉的那个湖边大哭的场景，真是一辈子都忘不了，说一百遍也不厌倦。他说我哭得让他无可奈何、生无可恋，我说我想的其实只是大烩菜。

　　那里其实就是我心里的定情地。我用最没出息的方式，用长达三个小时的哭戏，想明白了世界不是围着我转的，不是我想要什么就会马上得到什么，于是不情不愿地开始学习等待。我也明白了，爱情不是甜言蜜语，不是一时的逃离现实，爱是恒久忍耐，是凡事相信，凡事盼望。

　　幸运的是，现在我终于能时常吃到念念不忘的大烩菜，甚至为了做大烩菜，我家的炒锅都比平常锅的尺寸大一些。

他穿着白色围裙站在厨房里，不紧不慢，踌躇满志。肉切片，土豆切块儿，豆角掰成段儿，茄子切长条，蘑菇撕开，白菜扯成大块，新鲜土豆粉拿水泡上。

油锅烧热，放葱、姜、蒜、八角爆香，下肉片炒至变色，开大火，放入醋。醋与肉片混合的一瞬间，炒锅散发出奇异的香味。如果我站在一旁，他会捏一把炒锅上方的空气放到我鼻尖处，在他松开手的一刹那，香味散开。

随即放入生抽、老抽，炒匀后，再将土豆、豆角、茄子、蘑菇、白菜依次码好，加水大概至菜一半的高度，盖上锅盖用中火焖……

他卖关子，说这烩菜的做法看似简单，但就连蔬菜码放的先后顺序、排列方位的不同，都会影响味道，更别提火候、作料多寡，以及掌勺者当时的状态了。一切均需大厨反复尝试，才可以做到刚刚好。

我做过几次，确实跟他做的味道不太一样。

不过，我也变成了厨艺爱好者。我翻阅各种菜谱，研究种种复杂菜式，煎炒烹炸，样样都来。我不爱做重复的菜肴，每一次都尝试新食物，且热衷于摆盘。

而他擅长且只会做这种多种食材混合的炖菜，日复一日，年复一年。一口大锅端上桌，是熟悉的、不变的味道。

当年那个定情地在记忆中已经慢慢模糊，而这一锅一锅菜，就着一瓶一瓶酒，说着一篓子一篓子的话，终将继续。

父亲的房子

◎ 柴岚绮

一

2013 年年底，我们完成了新房子的装修，准备次年夏天搬过去，因为彼时女儿升初中，新房子对面正是一所口碑不错的中学。

说是新房子，其实买来以后一直空着，有四五年之久。之前我们一直住在老城区的一个老旧小区里，这个小区最大的好处是里面藏着一所学校，孩子就在这里上小学。我父母和我们住在同一个小区，孩子放学后直奔我父母家，那里自然是普天之下最靠谱的去处。

新家装修结束后，我父母开始焦虑，原因之一是女儿上中学以后，他们不在身边，女儿没有地方吃饭；原因之二，可以引用我母亲的一句话——习惯了每天看到你们，突然不能每天看到了，到时候肯定空落落的。

这样的焦虑促使他们果断做出决定——卖掉现在的房子，在我新房的附近重新买套房子。做出这个决定的第二天，七十多岁的父亲就出现在了房产中介的门口。

等我们下班回来，已经看到穿西装戴胸牌的中介站在家门口了。母亲向来整洁，此刻，为了房子有个好卖相，更是不遗余力地清理。我惊讶于他们的速度——应该先看好要买的房子再卖吧？父亲不以为然："没钱怎么看房？手头有钱我才敢去找房子啊。"

他又说："你不要担心，我早有准备，你们那边房子价格比这边贵，我和你妈妈这几年攒了些钱，"他伸出两根指头，骄傲地摇了摇，"有这个数呢。再加上卖房子的钱，我估摸着，在你们那边买套100平方米的房子，刚刚好。"

他伸出的两根手指，代表着他们老两口辛辛苦苦攒下的20万积蓄。为了换房，他不惜拿出这些年攒的老本儿。

二

父母原本居住在距离这座城市15公里远的县城。在那里，他们有一套房子，还有一个不小的院子。父亲比母亲大5岁，两人刚好一起退休。那时恰好我哥哥的小孩到了上小学的年纪，哥哥嫂子都在这座城市工作，没时间接送小孩，所住的小区附近也没有学校。我父母当机立断，咬牙拿出存折，在这个带有配套小学和中学的老旧小区里买下这套二手房，积蓄付了首付，剩下的开始按月还贷——在光荣退休的同时，为了孙子上学，他们开始过上还房贷的日子。

十几年后，这里的房价比当初买的时候飙升了 4 倍。这是我父亲非常自豪的事情，他勤俭节约、谨小慎微一辈子，该出手时却丝毫没有犹豫——"买房，就是讲究一个手快！"

他讲到 60 岁那年干的大事，豪情满怀。

我哥的小孩在这里上学，接着我的孩子也在这里上学，父母家成了"小饭桌"。房子在一楼，进出方便，孩子和同学们放学后都在门口玩，你追我赶。我下了班也是直奔大本营，离老远就看到父亲站在门口的台阶上，叉着腰，看着热闹的孩子们，母亲则拎着水桶归来——她在楼后找到了一小片珍贵的空地，撒下了辣椒和西红柿的种子。

朝北的窗下有一株香椿树，每到春天，母亲就用竹竿敲下顶端的嫩芽，留着等我们晚上回来炒鸡蛋吃。

三

父亲的房子在中介处登记的当天，就有好几拨人来看了。虽是老旧小区，但是因为小区里有小学和中学，算是正儿八经的学区房。隔条马路还有一所大学，周边商贸发达，形成了一个热闹的小商圈。

　　我父母在这里"陪读"了十几年，住着住着，抱怨也开始多起来："有一天，我半夜起来喝水，一开灯，头皮一麻！厨房地上，至少有几十只蟑螂，几十只啊！大概是被我突然开灯吓到了，都没敢动，我看着它们，它们也看着我……"我父亲讲到这里，眼神发直。

　　"它们那天肯定是有事在开会，被我撞上了。"最后，他如此总结他的奇遇。

　　"这个房子我是住够了，以后我只要房子里没有蟑螂！"但真到卖房那天，老房子所有的优点又都回来了——

　　别看是一楼，我们家有院子，一天能晒 6 个小时太阳！

　　多层房子，没什么公摊。虽说 90 平方米不到，但抵得上如今高层的 100 多平方米呀。空调不带走，热水器也不带走，我女儿去年才给我们买的，新的！离学校 100 米不到，上课铃都听得到！

　　对于买房者的各种问题，他们不厌其烦地回答着。虽然起初他们定下的原则是，作为卖房者，一定要保持一种不急于出手的矜持。

　　中介当晚就有了反馈，有家人表示愿意买。

四

　　新房主提出一个要求：院子里的腊梅花不要带走。腊梅花是父亲从县城移过来的，花开时，满院清香。我父亲答应了，尽管有点儿不舍。但他原本也没想带走，未来住在几楼还不确定呢。

对方是一次性付款，很快就会办妥手续。时间紧张，父亲开始张罗着看房。

作为一个七十多岁的老人，父亲实在没那么多精力四处奔波。在请教过我们之后，他上了二手房网站。那天下班，他站在门口，急切地向我招手，指着 iPad 上的一组房子的照片，说："快，联系一下，我就看中它了！"

那套房子和我将要搬去的新家只隔一条马路。图片效果的确不错，而当我们陪着父亲到了现场，居然比图片还要好：小高层的二楼，有观光电梯，落地玻璃窗外是樱花树，花期在四月，绽放时如同升腾起粉色云霞——这几棵樱花树先把我打败了。

父亲也很中意，虽然他很想继续住在一楼，还想拥有一个院子，但在楼房越盖越高的城市里，这样的梦想不那么容易实现。他看了一圈，向我们微微点头，发出"同意买"的暗号。

五

一切都按照父亲的预算，卖房子的钱添了十几万，拿下新房。拿到钥匙的第二天，就开始着手搬家。

香椿树和腊梅花留下了，"蟑螂开会"的奇遇留下了，孩子们玩耍时踩坏我母亲种的小白菜的记忆也留下了。从老城区到新区，父亲在 73 岁这一年，完成了一次卖房买房的壮举。

我同学有一天很苦恼，想让小孩上个好点儿的初中，但那样就必须先折腾房子，再迁户口。不过，在她臆想的愁云惨雾中，她又大笑起来："你父亲都七十多了还在折腾呢，我怕啥！"我父亲的壮举也成励志故事了。

父亲对新房子非常满意：厨房大，客厅也大，尽管卧室偏小，但是"卧室要那么大做什么，也就是个睡觉的地方"，他撇撇嘴。

有亲戚串门，刚进门就大呼小叫："要开工的地铁线，有一站就在你们小区门口！"我父亲在心里稍稍消化了一下这个消息，嘴角抿出一点儿上扬的弧度。

现在，每天上午 10 点左右，我父母会从马路对面过来，走到我们住的小区，带着在楼下买的新鲜蔬菜。中午，女儿放学回家，刚进门就能吃上热饭菜。下班了，即使被堵在路上，我们也不急不慌，我父母肯定已经做好了晚饭，女儿也已经到家。他们各司其职，在城市的某一盏灯下。

能拥有这一切，都是因为父亲的房子。每每想到这里，我就会想，我那么大岁数的时候能有那样的勇气吗？为了孩子。

六

有一段时间，我身体不太好，工作忙，心烦气躁，额头上冒出很多痘痘。

父亲在饭桌上听着我的倾诉，忽然说："你辞职吧！"

我没想到他会这么说，他这样干了一辈子革命工作的人能有辞职的念头，不那么容易。

"我们每月从退休金里拿 1000 块钱给你，你就在家看书休息。"他很认真，一副筹谋已久的样子。大概以为我对这个提案没什么信心，他接着说："你看，我还有一套房子呢，地铁口就在那里，听说又要升值了，实在不行，可以卖掉它，做点儿小生意。"

讲到那套房子，父亲得意地笑了。我咽下一口饭，也觉得没什么大不了的事。

我其实明白

——去哪里，看什么风景都不重要，

重要的是，

孩子，你愿意带着我们，

去这世界的任何地方。

岁月如此多娇 /

我和父母的旅行

◎ 柴岚绮

一

　　我带着父母还有孩子，去了离家一千公里以外的厦门。丈夫特地订了一家五星级酒店，希望我父母能住得更舒适一些。但是第二天早上，敲开隔壁房间的门，他俩抢着跟我抱怨，一夜没有睡安稳。我吃惊："为什么？"父亲说，床头灯怎么也关不上，晚上太刺眼了，睡不着！母亲接着控诉，空调关了热，开了又冷，"搞死人了"——这是她的口头禅，表示她情绪上的极度不满。我的孩子听了外公的话，大步走进房间，伸手摸到一个银色按钮，啪的一声，床头灯应声而灭，父亲撇撇嘴，没有再说什么。

　　这是我和父母的长途旅行。在我成为一个中年人之后，我和他们的旅行，除去省内的不算，好像这才是第三次。第一次是去北京，第二次是去上海，然后就是这一次，去厦门。并没有什么特别想看的，只是想让平淡的日常生活有那么一点点起伏。

二

厦门是个热门旅游城市，车票和住宿都需要提前预订，所以，出发前一个月，我便买好了往返的高铁车票——我父母胆小，害怕坐飞机。车票买回来以后，就压在餐桌的玻璃台板下，每天吃饭时都能看见，隔几天他们会拿出来——哟，时间过得真快，就快到出发的时候了。

父亲今年 74 岁，母亲 69 岁，身体都还好，但也总有这样那样的小毛病。这年夏天，有个早晨，父亲坐车去老房子浇花，弯下腰，突然感到天旋地转，脚步发飘，手不听使唤，躺到床上想歇一歇，天花板转得更厉害了。当时想打电话，打给谁呢？"你们都在忙，打给你妈妈，又怕吓着她。"他叹口气，有点儿悲凉。

父亲有高血压，有时难免吓唬自己。加上前段时间，我的大伯突然中风住院，几个月过去了，时而清醒时而糊涂，靠鼻饲维持生命。父亲每次去医院探视回来，便独坐在餐桌前，暮色里，也不开灯，默默抽一支烟。

为了缓解这样的气氛，当我提出旅行，作为资深"宅男"的父亲也欣然赞同，只是稍稍矜持了一下："我看看有没有空，书法协会的展览还等我组织呢。"母亲是个火暴脾气，立马蹦起来："孩子要带你出门玩儿，你还装模作样！"父亲立马声音带着笑："我又没说不去，这不是商量下时间嘛！"

离出门还有一个星期，母亲告诉我，她已经收拾好出门要带的衣物了。"高铁上空调冷，要带外套。"我叮嘱。她点点头，思虑了一下，问我："那在火车上是穿长裤还是七分裤呢？""长裤吧。"我果断替她决定，她点点头，如释重负地放下了关于裤子长度的纠结。

三

我们乘坐的是合福高铁，又被称为"最美高铁"，沿途经过皖南、赣南以及闽南。父亲、母亲和我的孩子，三个人坐在一排，他们有时指点着窗外的山、房子、河流，有时窃窃私语，有时父亲还会掏出本子，记录下列车到达的站点和时间。

父母不怎么出远门，日常生活半径只有两公里左右——菜市场、超市、银行或者门口修雨伞和拉链的小店。每到周末，他们会一起搭乘公共汽车去家里的老房子住上两天，在那边，母亲打麻将，父亲去找老朋友们聊天，顺便研究下书法协会近期的工作——都是一帮退了休的老头儿。

我小时候没有旅行的概念，全家旅行更罕见。那时父母的单位会组织一些出门玩儿的活动，但通常都是同事们一起，并不带孩子。直到2009年，我和父母才第一次一起出远门，去北京看奥运会时建的那些场馆，在曾经有过激烈比赛的草地上，拿着照相的人提供的大火炬，留下全家的合影。

去北京，坐的是软卧，拉上门，只有我们一家人。父亲当时兴致勃勃地提议看外面的月亮——它在小窗外无声地追着火车，村庄的零星灯火，一盏一盏，被丢弃在远方。

2010 年，我们去上海看世博会。安检严格，不允许带水，父亲当时就慌了，他走到哪里，都需要一杯热茶，陪伴和安慰自己的肠胃。他拎着倒掉了热茶的空杯子，跟着人群走进园区，环顾四周，直饮水和矿泉水都不是他所需要的，他蹲下，说肚子开始不舒服了。当我在妇婴室里找到滚烫的热水，为他灌满一大壶，他立即站起来笑了。

那次世博会之旅，沙特馆的三维影院尤其让我们震撼，站在传送带上，身体有如悬空，那是从未有过的奇妙视觉体验。我看着身边和大家一起张嘴惊呼的父母亲，心里想着——真高兴，我们一起看到了这一幕。

四

在厦门，海景房的宽敞与美丽让孩子万般满意，但是，刨根问底地得知房价之后，两个老人却看哪里都不顺眼了。房间在 25楼，一整面落地玻璃窗，可以看到对面的鼓浪屿，父亲不以为然地撇嘴质疑："我们要去那里吗？那么小的地方，看不出有什么好玩儿的。"

去鼓浪屿的轮渡票居然热门到要提前买——得知这个消息后，我有点儿沉不住气了。按照我的计划，我们将在岛上的民宿住两晚。

我托酒店旅订部的小伙子无论如何替我买到轮渡票，当然，每张都加了额外的手续费。

最终买到的轮渡票，是开往鼓浪屿内厝澳码头的，那里离岛上订的住宿地非常远。从码头下船后，我们拖着行李箱，一路问询，走了足足 40 分钟，才找到位于福建路的那家老别墅改成的民宿。

正赶上高温天，岛上又只能步行，我担心父亲会走得累，抱怨住宿的地方太远，一路不免心急，那会儿的脸色，红得像蒸熟的虾子。

岛上每一条巷道都满是游客，这让父亲觉得好笑，但是后来，他休息好了，有了精神，开始饶有兴致地看一家又一家历史悠久的老房子，看到院子里高大的结满果实却无人采摘的龙眼树时，他不停地用手机拍照，毫不吝啬地给予赞美。特别是当我们走进著名的菽庄花园，当他看到曾经的私家花园里面，居然不动声色地收纳着浩瀚大海的一角时，我看到他的脸上出现了我曾在世博会沙特馆里看到的表情，我心想——真高兴啊，这趟旅行，总算有了他们喜欢的地方。

母亲喜欢岛上的凤凰花，路上买了莲雾来吃，又讨价还价地买了一包小鱼干。拥挤的龙头路，人山人海的喧嚣之中，她和父亲害怕走散，相互牵起手——那是他们此行最安静的一刻，他们终于没有像往常一样，走一路争执一路了。

五

网上有个演讲视频很火，主题是要珍惜和理解父母。

看完这段视频，我突然有了不一样的感觉。或许是我们做子女的，一再用匆忙的背影告诉父母，不要追。而父母，在孩子将要消失在小路转弯的地方时，他们其实很想去追赶孩子，告诉他们，请不要走那么远。

就像我和我父母仅仅三次的远行，在他们对宾馆房价不断表达不满，对旅游景点到处塞满了人、到处需要排队的声声抱怨之外，我其实明白——去哪里，看什么风景都不重要，重要的是，孩子，你愿意带着我们，去这世界的任何地方。

90 分老爸

◎ 柴岚绮

一

我觉得自己是个 59 分的母亲，但若让我给丈夫的父亲角色打分，至少是 90 分。

丈夫脾气温和，虽然不会做饭，不喜欢洗碗，但最爱陪着孩子玩儿——这个优点就像月亮的光，盖住了像小星星那么多的缺点。

孩子小的时候，他会陪她摆好大富翁游戏的棋盘，坐在客厅的地板上，眼巴巴地看着我说："快点儿，快点儿，还可以玩一局呢！"

现在孩子上初中了，周末晚上，她会打开 iPad，点开里面的大富翁游戏。她说："我当钱莉莉。"他说："那么我做李草根。"

然后两人一起喊："妈妈，你是愿意做蒋小红还是多特？"

而我，这么多年好像总是在忙着洗最后一个碗，居功自傲又万般不耐烦地回答："我真的不想玩儿！"

二

自从孩子上学起，他就是忠实的"早间背包者"，除了出差以外，从未缺席。

早晨的分工很明确，我负责做早饭，他负责护送孩子上学。孩子最怕迟到，一边吃早饭，一边扭头看表，到点了就噌的"拔凳而起"。爸爸呢，早等在门口，双肩包已背好，鞋已换好，就等队伍开拔的号令。

有时他睡过了，怪我没有喊他，紧张地穿衣服，生怕错过。孩子麻利地背起书包，推开门，压根儿不打算等他。他提着鞋后跟追出去："宝贝，等等爸爸！"

因为除了早晨的这一趟护送，孩子上学、放学的其他时间我们都在单位或者在赶回家的路上，所以，他格外珍惜这早晨短短的相伴——在路上，会碰到孩子的同学，孩子会告诉他，这是班上的×××，说过什么好笑的话。每天一次上学路上的陪伴，是对她学校生活的间接参与和了解。

三

上学的路有两个选择，一个是出了单元门之后向左转，走大路到学校；一个是向右转，走小路，穿过水塘和绿化带，比走大路快两分钟。

他告诉我，一定不要图快，要带着孩子走大路，从小培养孩子走大路的习惯，因为大路上人来人往，更安全。

他每天早晨带着她，坚持向左转。我趴在窗口，目送着两个人的背影，用手机咔嚓照下来——从穿着短袖到长袖，再到棉衣。

去学校要过一条小马路，因为马路窄，急着上学的大人、小孩只要看到没有车往来，便会无视红灯。

他带着她，即使没有车也规规矩矩地站在斑马线前等。"不要着急，要做个遵守规则的人，不要随大溜。"

有一天，我们下班时正好开车到那条马路的路口，看到很多人都在闯红灯，只有孩子背着大书包站在那里，纹丝不动。

四

从孩子上初一开始，他让我每学期也给他买一本数学书。

"重新学一遍，和她保持同步。"他说。

我是个上学时顶怕数学的人，现在也很怕孩子像我当年似的，所以，特别支持他的同步学习行动——等于自家有了随叫随到的辅导老师呢。

周末，他问她："有空吗？"得到她的应允后，他会和她并肩学习。他的办法是，两个人共同温习完一课，各自埋头做一遍书上的习题，然后像同学一样对答案——他有时会"做错"，就听到孩子大叫："妈妈，妈妈，爸爸竟然做错了！"

五

有一天孩子在舅舅家看电视，看到《千与千寻》，她急急地推荐："一起看吧，我看过一遍，很好看！"

虽然我熟悉里面的音乐，甚至暑假专门带她去了重庆的洪崖洞，就是因为那里像汤婆婆的澡堂子，但是总觉得那只是动画片啊。他却立即响应："好啊好啊，一起看。"

真的很好看，我们很快进入剧情。

看到一半，开饭了，孩子只好惋惜地按了暂停键。

"后来千寻的爸爸妈妈从猪变回人了。但是我希望你们自己看完。"

"我一定会看完的。"他向她保证。

那晚回到家，11点，孩子睡了，他就在沙发上捧着手机看。

"看什么呢？"

"《千与千寻》啊，今晚我要把它看完。"

六

没有看过专业的育儿书籍，但是我们都认同那句话——陪伴，是最好的教育。

其实，"教育"这两个字，我不想说出口，因为觉得它带有那么点儿高高在上的意味，在孩子的成长过程中，有时受教的明明是我们。

"千寻的爸爸妈妈真是的，小孩不愿意进那个隧道，他俩却偏要进去，根本不顾及小孩的感受，结果变成了猪！"早晨去上班，我一边系安全带，一边发表意见。

他点头，边发动车边说："我觉得你有时候有点像千寻的爸爸妈妈呢！"

"你说什么?!"

"我是说，我有时候有点像千寻的爸爸妈妈，不顾及小孩的感受，我要改正啊！"

我大笑。车子开出了小区的大门。

我并不敢保证我会比父亲更强大，
我也并不自信我能比他做得更好，
但我不愿意背负同样的阴影。

岁月如此多娇 /

走出充满幻觉的世界

◎ 秋　子

一

　　有一次，我偷听到我妈跟一个亲戚说："唉，你说我是不是太没用了，自己的丫头都管不了，她以后可怎么办啊，恐怕连吃饭都是问题……"那个亲戚点头附和："是啊，以后恐怕嫁人都难……"我当时恨不得往那个包子脸的亲戚脸上再贴一磅肥肉。

　　还有一次，我妈和一群邻居在楼下聊天，我在二楼阳台上哭着大喊："妈，糟糕了，我在阁楼拿书，一本厚书掉下来砸到我爸头上了。你快来看我爸，他都没声音了……"我急得要死，我妈却不慌不忙地跟邻居说："他爹本来脑袋就笨，这一砸，真成傻子了……"

　　一晃很多年过去了，我没有让我妈如愿，不但自己吃饱了饭，而且找到了对象。可我又偷听到了一次蹊跷的谈话，我妈的牌友问："你闺女一个月挣多少钱啊？"我妈说了一个数，我顿时心里拔凉拔凉的，心想我再也不要见她的这些牌友了，他们肯定会像看乞丐那样看我。我妈为啥要这样低调呢？明明上个月我还把自己的工资单给她看了……

后来我才知道，即使那时候我赚的钱够养活自己了，我妈还是担心我有一天会失业，会无法适应社会。她觉得有公司要我，那是我走了狗屎运，或者说，她已经做好了有一天我会因为没饭吃回来找她的思想准备。

因此，她不能在那些牌友面前夸下海口，她做人很低调的。

我妈只是一个上过几天夜校、连小学都没毕业的农村妇女，她凭什么这样低估我和我爸？我好歹也是重点大学毕业，我爸从事教书育人的职业，写得一手好字，拉得一手好琴，凭啥被我妈瞧不起？

二

我爸年轻时在乡村小学当老师，那时候，老师们跟农民伯伯没什么两样，一下课就挽起裤腿下田。农忙时节，学校都要放假，因为老师们都忙农活儿去了。不过，我爸这个农民有点儿不一样，他下课会拉二胡，从不辱骂学生，他的工资被会计克扣了都不好意思去理论。他会在冬天的清晨，一个人去开满苜蓿花的田里；他会深夜伏在油灯下写日记、练书法。他藏了很多书在床底下，但后来还是被我妈当废品卖了。他最讨厌的事是我妈逼着他去给校长、局长送礼。现在看来，我爸完全是一个文艺青年啊，但是在村里人看来，他完全不合时宜。村里人经过我家田地时老是笑话他："草都长成那样了，他还站在那里发呆，这不是神经病吗？"

但你要是以为我爸只是一个书呆子，那就错了。我爸尝试过可以在那个小村庄里进行的各种创业方式，比如开小商店、养鱼、种果树、开作坊，他还引进过村里从来没有人种过的新型谷物和蔬菜。反正他就是敢想敢做，从不踏踏实实地当一名农民。

我爸干的最浪漫的一件事是承包了一个外地人遗弃的桃树林。那种桃树在冬天开花，冬天结果，然后，小小的果实在冬天从树上掉下来……反正种了三年，除了见过桃花满园的繁盛，我连一个桃子都没吃到过。他做事有点儿虎头蛇尾、异想天开，他干的事情要是失败了，他自己也不着急，但是家里人得跟着他收拾烂摊子；要是成功了，他也不将利益放在心上，马上将致富之道跟周围的人分享。只有当我妈说家里没钱给我们交学费了，他才会叹一口气，但是他并不认为这是天大的事情。所以，我妈一直觉得他的脑子有问题。

在我妈眼里，我也是个"奇葩"。初中时，有一次我把卷子拿回家，我妈一看，没考第一，就问我是怎么回事。我说我每门功课都是第一，但老师和同学不相信。班长去老师那里告状，说我作为学习委员，去办公室送作业本时偷看了卷子，老师就把我的分数减了一些。我妈问我到底偷看没有，我说没有，但同学们都这么说，我就承认了。我妈气昏了，要去找班主任闹，我说吵架累死人了。从此，我妈就和别人一样用不可思议的目光看我，并把我归入我爸那一类人。我妈说得最多的一句话是："你们父女一个样！"

三

大学毕业参加工作以后，我发现我妈的担心开始应验了。我确实不太适应社会，我融入不了集体，只有和我朝夕相处的朋友才会和我特别铁。我总是逃避和同事、领导打交道，每天出门上班对我来说是一种折磨。

我每个月的工资要么花光，要么被朋友借光。工作了好几年，我还是"裸奔"。

再后来我结了婚，有了孩子。我的生活更自我了，工作出三分力，孩子也只管三分，其他的时间都做自己的"无用"之事，不管外面的世界如何变化，也不管其他人都在做什么，今天吃饱了就不操心明天。而这时候，我周围的朋友都在经营他们的人生，他们沿着台阶一步步往上走，无论这种人生有多少负面的部分，至少他们都在认真努力地生活着，而我飘飘荡荡，似乎什么都没有。

现在，又有好几年过去了，我转入了一个与文艺完全不沾边的行业。我尝试各种与商业有关的行为，我利用一切机会赚钱，我与很多人打交道，然后在回到自己的世界时，马上切断与这些的联系。

我并不是在否定我之前务虚的人生，相反，正是对那些年不问世事的生活有了充分的肯定，才使得我今天有勇气选择一种截然不同的生活。我知道自己在做什么，知道自己需要什么。我觉得，我们活在这个世界上，风花雪月并不是真正的风花雪月，美好也并不一定是真正的美好，它们只有在对比时才能显出价值，它们只有和人联系起来才有真正的生命力。

而人生的每一种滋味、每一段里程，都需要亲自去感受和经历，每一种责任都需要自己去扛起。逃得了一时，逃不了一世，最终都要面对。

四

在我过了 30 岁以后，我经常审视父亲的人生，我发现自己越来越像他，我的人生轨迹似乎会不可避免地与他的重合。而我已经失去了对他晚年生活的评判权：他忘了儿女，忘了他曾经看过的书、练过的书法、拉过的二胡。他每天关注的只有两件事：股票和彩票。他总是幻想着中大奖，或者股市暴涨，他甚至可以不吃饭、不睡觉。虽然他从来没中过奖，炒股也一直在亏，但他还是像从前做许多事时一样执着，好像从不在乎结果。

直到 30 岁以后，我才发现，父亲和我一样，有一个属于他自己的世界。在这个世界里，他可以为自己编织各种各样的幻觉，这些幻觉本身是美丽的，但也是有毒的。父亲没有那么强大，他所做的一切特立独行的事仍然是需要社会认可的。他无法不在乎那些围观者的目光，他晚年最大的心病恐怕仍然是自己不够成功。

　　而我并不敢保证我会比父亲更强大，我也并不自信我能比他做得更好，但我不愿意背负同样的阴影。我要打破这个充满幻觉的世界，我要走出来。我是从对父亲的否定中学会了对他的肯定，但我要做一个不一样的人，要过另一种生活。我要看看真实的世界到底是什么样子，我要结果，我要成功，我要跨越这一切，然后再去毁掉它。我要看看，我到底要走过哪些路，才能在最后，踏上回家之旅。

爷爷奶奶的爱情

◎ 巫小诗

一

奶奶 17 岁那年，经人介绍认识了爷爷。

爷爷对奶奶一见钟情，头一回去奶奶家，就厚着脸皮主动留下来吃饭。那天中午家里人刚好都不在，奶奶是家中的小女儿，从没做过饭，她说："我不会做饭。"想借此打发爷爷走，爷爷厚着脸皮说："你随便弄点儿，你做啥我都吃。"

于是，奶奶拿前一天剩下的红薯丝和米饭给爷爷做了一碗炒饭，炒煳了，又黑又硬，像一团锅巴，用现在的话说，就是一份"黑暗料理"。爷爷居然傻呵呵地把它吃了个精光。奶奶笑了，他们的事儿也就这样成了。

奶奶嫁进门后，仍旧不会做饭，不是懒，而是厨艺不错的爷爷把做饭的事全给揽下来了。奶奶专心当她的人民教师，穿裙子，梳辫子，在本子上抄歌词，教爷爷听不懂的"洋鬼子"英语，十指不沾阳春水，像一个"已婚少女"。

现在的奶奶，写一手秀气的字，绣一手漂亮的花，唯独不会做饭。对于一个优秀的文艺老太太来说，这似乎有点儿美中不足，但一个女人能够一辈子不做饭，该是多么让人羡慕的福气。

二

奶奶的抽屉里保存着一根古老的表带，那是她跟爷爷的小秘密。

在爷爷奶奶那个年代，手表可是大物件，一般家庭是没有的。有一年，爷爷得了单位的先进，听说会奖励一块手表，可把他乐坏了，因为他知道奶奶一直想要一块手表。

回家之后，爷爷把这个喜讯告诉了奶奶。

奶奶很开心，转念想想又补充道："奖励你的那块肯定是男式手表，能不能跟单位说说，换一块女式的？"

爷爷说应该没问题。

爷爷去单位说这个事，同事说，这批先进名单里刚好没有女同志，所以奖品全部都是男式手表，换不了。在爷爷懊恼之际，同事给他出了个主意，让他去买一根女式的表带一换就可以了，表带跟手表比起来，可是便宜不少。

这确实是个好主意，心急的爷爷当天就去商店挑了一根女式表带，就等上头把手表发下来了。

发手表的那天，爷爷蒙了——那块手表是表盘、表带一体的款式，无法拆卸。这下表带白买了。爷爷只好把手表带回家跟奶奶道歉，请奶奶勉强收下那块男式手表。

看到像犯了错的小孩般的爷爷，奶奶"噗"的一声笑了。她拿来针线，把没有表盘的那根女式表带连接好，戴到自己的手腕上，然后将表带转了个方向，让空出的表盘位置位于手腕内侧，伸出手对爷爷说："你看，这样咱俩都有手表了。"

奶奶跟我讲起这个故事时，忍不住笑道："后来还真有人问我时间，我只好装糊涂地抬手看表，说'哎呀，我的表盘不见了'。"逗得我也咯咯笑。

三

我曾经很严肃地问过我爸："爷爷年轻的时候是不是混过黑社会？"我之所以会这样问，是因为爷爷有两颗银色的金属门牙，我不太清楚那是什么金属，总之这两颗金属门牙让爷爷看起来有些凶悍，我儿时的玩伴一度因为我爷爷在家而拒绝上门找我玩。

我爸说："你爷爷摔掉门牙这事儿，得怪我。"

奶奶生爸爸的那晚，没有什么前兆，爷爷恰巧又因为工作在单位过夜。听人捎信说奶奶生了，爷爷摸着夜路就往家里奔，因为走太快没看清路，一头栽进了河沟里，当场就磕掉了两颗门牙。爷爷也没空顾及那么多，捂着嘴巴继续往家赶。回到家，奶奶已经睡了，满口是血的爷爷顾不上擦洗，抱起胖乎乎的儿子看了又看，又哭又笑，开心得不行。

这声响吵醒了奶奶，刚生完孩子不久的奶奶，迷迷糊糊地看见一个满口是血的人抱着孩子，似乎快要举到嘴边了。奶奶大喊："可不能吃啊！来人啊！有人吃孩子啊！"

爷爷叫着奶奶的名字，连说几句"是我啊"，才让奶奶彻底清醒。奶奶看到没了门牙的爷爷，心疼坏了，爷爷抱着八斤多沉甸甸的宝宝，也心疼坏了奶奶。

后来爷爷去补了牙，大概是因为那时候技术有限吧，补了两颗金属的、看起来凶凶的牙。那之后，爷爷咀嚼食物总是不那么方便，好像提前迈入了老年。

四

一晃啊，曾经襁褓里爷爷胖乎乎的儿子成了如今我大腹便便的爸爸，奶奶也从亭亭玉立的大辫子姑娘变成如今满头白发的老太太，而爷爷在一个温暖的午后永远地睡去了。

爷爷走后，奶奶整个人暗淡了下来，像明亮的人生突然关掉了一盏大灯。

爷爷是土葬的，他平常随身携带的物品都一并给他放在棺木中了，包括那部他一直用得不利索的手机。

奶奶会在深夜睡不着时，拿出电话拨打爷爷生前的手机号码，听见电话那头传来"对不起，您拨打的电话已关机"，就像听到爷爷在跟她说晚安，如此她才能安心睡去。我让奶奶不要再打了，因为不久后电话会停机，号码会被别人重新使用，对方接通的一刹那会把奶奶吓坏的。奶奶说："不会的，我给你爷爷充了好多好多话费。"

奶奶在公园散步的时候，被人抢了手里的小钱包，她回来哭，我们以为她是心疼钱，安慰她，说那点儿钱不算什么，人没事就好。她说："我不是心疼钱，我就是难过，我以前也在这公园散步，从没碰见过坏人，现在他们看我没了老伴儿，觉得我好欺负……"

再相爱的两个人，也终究无法陪伴彼此一辈子，这真是爱情里最遗憾的事情。爷爷陪伴了奶奶大半辈子，剩下的小半辈子，就由我们来陪吧。

奶奶说，她余下的时光都是走近爷爷的路途，多活一天开心，少走几步也开心。

我们用诗喂养了爱情，

现在爱情的结晶又用新的诗句喂养着我们。

我记录下这些句子，

希望多年后，他能回头看到自己的脚印。

岁月如此多娇 /

用一点儿诗喂养爱情

◎ 刘云芳

深夜，孩子已经睡熟，老黄正用 3000 号砂纸打磨一件木雕。看我拿着一张纸走过来，他停下手里的活儿，听我轻声读诗。读诗是我们生活里再平常不过的事情，老黄称其为"私人广播"。

一

2008 年春天，我千里迢迢来到唐山。那天火车晚点，半夜才到站。我怀里抱着一个长耳朵的毛绒兔子玩具，右手的大包里塞了件厚实的粉红色外套，像个夜归人，但那是我第一次来这个城市。在一个月前，我还忙着相亲，在 A 君与 B 君之间选择到底该赴谁的约，直到红鼻子老黄从天而降。

这像一场赌局。当时我只见过老黄的照片——瘦高个子，眼睛细长，鼻子大而红，像在脸上扣了个草莓，让我想起麦当劳的小丑。

那时，我在一家大型企业工作。对于一个总板着面孔训斥别人，也要厚着脸皮随时受领导训斥的白领来说，诗是我生活中的调剂品。我将它们放在博客上，在小圈子里交流。不知谁将其中几首传到一个论坛上，被远在唐山的老黄看到了。其中一首《流转》，诗中有这样的句子：

我想应该把你隐在草原
或者藏在某个树洞里
你却独自跑到马背上
你赶着一群羊
在我挥动鞭子的时候说
我爱你

老黄大学时学的是国画，却对文字情有独钟。他有很深的草原情结，曾在一篇文章里，想象自己是一只沉默的羊，被美丽的姑娘牧放。他说读到我的诗句时，觉得心里某个地方被照亮了。

这首《流转》就这样流转到了他心里。他从网上找到我的那个下午，我忘记了自己是个工作狂，将手头的事情一放再放。我们从金农、八大山人聊到马蒂斯，从《诗经》聊到以一截裤腿做王冠的诗人顾城……我相信对面的人像我一样陷入狂喜，我脸色泛红，似有醉意。

一下午的网聊，让我不得不加班到深夜。独自走出办公室，看到天上的星星用力睁眼，路旁的树木正准备吸精吐绿，似乎世间万物的灵魂都在狂欢。

与老黄相识后的第四天便是愚人节，下班后，我拨通了他的号码。那个声音自此一天天熟悉起来。之后的几天，朋友从我的脸上看到了爱情的光辉，他们见我就要落入"陷阱"，忍不住劝解："多少网络骗子把无知少女的青春和钱财都骗得精光……"我直接跨过这些良言，执着地与老黄交往。很多东西可以编造，但对诗的感觉和喜好是无法骗人的。

二

老黄当时正迷恋在葫芦上烙画，我时不时把新写的诗传给他看。对于"牛的犄角划破天空，故乡流淌出来"这样的诗句，他很喜爱，这对我来说，是莫大的鼓励。原本说好年底见面，后来变成了国庆节，又从国庆节提前到中秋节，中秋又提前到端午。我强烈地感觉到自己内心的方向，于是，那一个个靠近的节日变成泡沫。他说："两个小时后有趟来我这里的火车。"我放下手里的工作，请假、收拾行李、买票上车……这时距离他看到《流转》只有 20 天。

与想象中的不同，我没有在人群里寻觅、辨认，一下车便看到车站灯光下他瘦高的身影，世界上的人和物顿时灰暗了下去。我故意放慢步子走过去，问："是你吗？"他先是笑了笑，然后把藏在身后的右手伸出来——是一个嫩绿色的毛绒七仔，之前我说过喜欢那个形象。

当时，饭店都已经关门，他只能带我去吃麦当劳。那个小丑跷着腿坐在长椅上，迎接我们。在空旷的大厅里坐定，我忽然觉得自己很荒唐，却在吃东西的时候故作自然地看他。他非常腼腆，不像是会做疯狂事情的人——后来，我从他朋友那里得到证实，没人想到他会网恋。

我看他的时候，他也正在看我，是在寻找一扇时间之门，也是在确定。饭后已经接近清晨，路灯闪烁，我随他回到他的住处。整洁的小屋里，一张桌子上放着电脑，它和诗一起成了我们的媒人。旁边的三层架子上是码放整齐的书籍，统一用牛皮纸包了书皮，可以看出它们的主人是何等细心。葫芦整齐地排列在一处，有一个上面烙的是观音坐莲，一半还是线稿，一半已经烙烫好。我在他的引导下，触摸那细致的线条，他说这是给我的。墙上挂着把吉他，正是他每天晚上通过电话为我弹奏的乐器。他站在我身边，忽然念起我写的句子："时间站在你身后，却从不出手相救。"此时，我们终于从陌生的躯壳里找到了那个熟悉的灵魂。

我们忘了已经一夜未眠，任语言碰撞、目光干杯，越来越确定对方就是自己要找的那个人。他握着我的手说："同志，可找到你了！"两个人的手在灯光下变成了墙上的一只飞鸟，"得感谢诗歌，它是打开我们缘分的钥匙"。

那次离开唐山，我检票进站，回头，他的身影已被人流淹没，泪水顿时溢出眼眶。我那件厚外套，已经跟吉他一起挂在他的墙上，一直在我床边静坐的长耳朵毛绒兔子玩具，如今正坐在他的床边——这是最好的允诺。即便这样，他还是觉得我是从梦里穿越来的，他感觉自己像《聊斋志异》中那些幸运又不幸的书生。

三

两个月后，我在朋友惊讶的目光里辞去了工作，奔他而去，闪电结婚。我们租的小屋无比简陋，厨房里的柜门开关时能听到噼里啪啦的声响，再打开，可以看到许多蟑螂的死尸。我依旧在半夜写诗，完成之后，将他晃醒。有时候，他画画，我在电脑上敲着文字，宁静的空气里流动着一份默契。

后来，我们搬了四次家，时光因为诗歌的掺入，虽淡，却有味。下班后，我做饭，他为我读诗，那些诗句落在家常的菜肴上，让它们变得更加丰盛。再后来，我们成了房奴、孩奴，我不得不辞去工作，居家带孩子。有一段时间为了生活，我还去小区附近的市场摆摊。但因为有诗歌，我们的心灵更有韧性，那些诗句可以把心里的尘土洗净。我们都深信，诗歌是永恒之光。

我无心写在纸上的诗句，被他记着并念起，他会讲起它们投射到他心底的那些画面和声音。我从老黄的画里，看到了诗意，并为之感动。后来他开始雕刻桃核，也做木雕。

那些桃核经他的手，忽然变作一个慈眉善目的菩萨，或者庄子。他用看似无用的边角料雕刻出微小的众生。这何尝不是一首诗？

似乎菩萨及众生都在木头和桃子的深处修行，只等着他去发现、去挖掘。

有了孩子之后，我们忙碌地生活，涉及诗的交谈变少。但陪孩子学走路、学说话，看他为未知而广阔的万物命名，也是诗。

那天，我们重回7年前第一次吃饭的那家麦当劳，老黄原来坐过的座位上坐着我们4岁的儿子。晚上回家时，看到道路两侧光秃的树干，儿子忽然说："年轮是爸爸，树干是妈妈／他们生出了许多树叶／大部分时间，树叶宝宝都在用力吃奶／到了冬天，他们就离开家／跟土地说悄悄话……"

我们用诗喂养了爱情，现在爱情的结晶又用新的诗句喂养着我们。我记录下这些句子，希望多年后，他能回头看到自己的脚印。

有一个兴致盎然的父亲是种什么体验

◎ 严小沐

我爸是武侠迷，给我推荐的第一份书单里就有金庸、古龙、梁羽生等人的书。他结婚早，家里除了一个小诊所，还有一家小酒坊需要他打理。他看小说入迷，在那些武侠故事里快意恩仇，自然也误了许多正事。为这，我妈没少跟他闹腾。比如，煮酒对火候有极高的要求，但他总陷在那些江湖事里，火不是大就是小，弄糟的次数不少，白白糟蹋了粮食。

步入中年，我爸南下北上，奔波十余年，境遇有好有坏。不再看小说，身上却有种我说不明的东西——有侠气，也难免有市井气，会把所有晚辈当朋友，像老顽童。

他真是一个兴致盎然的人啊，连我都嫉妒。

小时候，我和我弟算得上"别人家的孩子"，即便这样，也难免遭到我爸的捉弄。他曾是小镇的"学霸"，摸索了一套自己的考试心得，所谓"大考大玩，小考小玩"，每到考前，他总是拖着我和我弟游山玩水，钓鱼摸虾，根本不顾我们的意愿。而我们在紧张的复习之余还得哭丧着脸去玩耍，千万种别扭。

光是这样也就算了，我爸还自创了一套"蚯蚓宴"。他说蚯蚓富含蛋白质，营养高，如果我们考得不尽如人意，他便加餐"犒赏"——蚯蚓可红烧、可白灼，煎炸烤炖，随意挑选，听得人恶心不已。但他又从不唯分数论，凡事只问一句："是否尽力？"若是，即使倒数第一也没关系；若不是，正数第一也要闭门反思。

考试结束被我爸盘问，是我童年里非常不愿面对的事情。但好多年过去了，我从这种思维里受益良多——尽力去面对，不逃避，努力成为一个兴致盎然的人。

然而生活并非因为你充满兴致、怀揣善意，就不会再有磨难。有一年，我爸生意做得不好，赔了不少钱。春节前的一次聚会，他喝得酩酊大醉，最后竟坐在椅子上伤心地哭起来。而那年春节前我刚分手，整日无精打采，回头看见我爸，那一刻我想起来路和去处都觉得惶恐不安。

一个看上去永远有办法的人，一个兴致盎然的人竟这样被打败，真是充满无力感。大概因为狼狈的样子被我看见，第二天我爸酒醒后觉得不好意思，跟我聊了很久。

"他并不适合你，分了也不可惜。你太执着，从小又不曾经历分别，所以还没学会放下。放下是很重要的。"

那天之后，我们成了朋友。在那之前，我不曾想象父辈的精神世界，我以为我爸的高兴永远多于忧愁，甚至觉得他因为过于乐观而显得不够稳重，简直没正经。

可细数某些时刻，才发现他的别致有趣：我人生的第一束鲜花是我爸送的；我手机里有一堆他即兴创作的打油诗；初中时，他和我比赛背《木兰辞》，彻底打败了我；大学时，给我写六七页的长信，讲很多过去的故事，说是提供素材支持我搞文学创作。我大学毕业后，我们聚少离多，有一次他在梦中哭醒，说梦见我一个人在雨夜里边走边哭，我的眼泪就掉下来了。

可如何才能成为一个兴致盎然的人呢？大概要先学会自娱自乐吧。在北京的第六年，我越来越能找到这种感觉。忙时一个人就像一支队伍去打江山，闲时便养花种草读书下厨，在微小的事物中获得解放。日子在平淡中变得工整有序，而你在秩序里找到让你兴致盎然的东西，它们一点儿一点儿成就你。

这是自己的江湖，很多时候与他人无关。

最近和我爸聊关于他老年生活的设想，他想要约三两老友，临湖钓几尾鱼，把酒话桑麻。那是他的江湖，也是他的好山好水好时光。

轮到他们是孩子，

你是大人了。

岁月虽然单调地使劲儿向前，

规律却是有轮回的。

岁月如此多娇 /

带礼物回家

◎ 柴岚绮

一

　　小时候，你在家，听到熟悉的脚步声，熟悉的钥匙开锁的声音，你知道，父亲或者母亲回来了。父亲和蔼，总是拎一个土黄色的公文包，包里会有一些专门带给你的东西：一小包热乎乎的糖炒板栗，一小包人家的喜糖，或者一叠洁白的信纸。总之，都是寻常生活里不多见的礼物，值得你长时间琢磨，从中得到莫大的惊喜。

　　现在，你长大了，不只是长大，你还有了孩子，孩子比当年等礼物的那个你，个头还要高。父母也已经老去，一个 75 岁，一个 70 岁，每天都来你家里"上班"，替你们做饭、洗碗，看天气不错，把你挂在阳台的衣服逐一晒出去，然后在飘小雨点的时候，又慌慌张张地把它们全部收回来。

你早已不大逛商场了，因为这个时代有了网络购物。到了中年之后，你最缺的是时间——你每天被捆绑在一个叫作单位的地方，不能自由地出去逛街走路。所以，你常常从一家淘宝店逛到另一家，买各式各样的东西。那些东西，从电脑里的图片变成实实在在的包裹，从四面八方涌来。你下班的时候，拆掉它们的包装，带回家去。

不知从什么时候开始，你发现，留守在家里的父母，对你每天下班带回家的东西产生了浓厚的兴趣。大概是从你将一箱盒装牛奶搬回家的那一天开始的吧。你的父亲戴上老花镜，把牛奶费力地搬上餐桌，像考古学家一样，细细地研究起来。

"哪里买的?""网上超市。""多少钱?""好像100元不到吧。""比小区对面超市的价格呢?""便宜一些，关键是不用特地去逛超市啊，明天家里就没有牛奶了，正好不耽误。"

有一回，你带回一大包网购的干货——干马齿苋、干豆角、小鱼干、小虾干。它们迅速被你父亲堆放到餐桌中间，你母亲也饶有兴致地放下锅铲，两个人仔细地一样一样拿起来做深度辨析。"这种马齿苋，烧之前要择掉很多的，不划算!"在你母亲看来，这世上的食材只分为两种：她买的和不是她买的。凡不是她买的食材，必定有非常明显的缺陷。

至于小鱼干和小虾干，更遭到她的嘲笑。她把自己买来的鱼干和虾干从冰箱里翻出来，扬扬得意地进行现场对比："你买的这个啊，简直就是鱼孙子和虾孙子！"然后哈哈大笑，笑得眼泪都出来了。你争辩，网上这家店的东西很火爆的，这个干马齿苋，是人家自己采回家晒的，都是纯天然的东西，一次也就上架 10 斤左右，要不是手快，还抢不到呢！父亲立刻换上一副世事了然于心的笑容道："我们说的你就不信，人家写的你就相信啊！"

二

撇开食材，在其他领域，他们就没有那么权威了。比如，你给母亲从淘宝又买了新衣服。纸盒包装得很精致，你没有拆，带回家让母亲自己拆开，就像对待孩子一样。"看起来不错啊！"父亲先叫起好来。"试试，快试试！"你的母亲皱着眉，很不情愿的样子，但已经动作飞快地脱掉了身上的家居服。"好看！"大家一致点头。父亲告诉你："你不知道，现在换季，你妈妈在家里摆了一床的衣服，就是找不到合适的。她啊，衣柜里总是少那么一件！"你立即大声问："妈妈，你还缺什么？薄外套还是裤子？"她尖声地回答："一件也不需要！我都有，不要乱买！"你的父亲又呵呵笑了，道："瞎讲，你昨天还说想再买件外套来着！"

晚上吃饭，母亲提到周日去养生博览会，会场上卖一种挂件，生肖守护神，咖啡色的石头，看起来相当漂亮，要价 200 多元，而你父亲最后没有舍得掏钱。你放下碗筷，飞速点开手机，找出几样，递给父亲："是不是这样的？""哎，是的呢！"母亲说："那就帮他买一个吧，他现在很喜欢这些东西，才买了一个小叶紫檀手串，天天放在手里摸。"我才不要！"父亲嚷嚷着。现在，轮到他谦让了。他们了解对方想要什么，都主动替对方大声说出来，但总是不好意思说出自己想要的礼物。

天气转热，你觉得他们应该需要一个质量好的水杯，周末他们喜欢出门访友，习惯带水在路上喝。你在网上找了一圈，比较之后下单，买了一个粉色的，一个绿色的。包裹来了，你下班带着它们回家，拿出来摆在桌上，当然，意料之中听到两人的抱怨："这种杯子，家里有好多，漏水，不好带出门的，以后别花冤枉钱，不如留给小孩上学带水喝！"你不吭声，由他们讲去。讲完了，你说："试试漏水不？"父亲听话地站起来，走到厨房，接上自来水，盖上，然后倒过来——一点儿不漏！他显然很高兴。"你出门打麻将的时候正好需要，以前的杯子你不是说容易漏水？"父亲对母亲讨好地说。母亲习惯性地皱着眉笑："给你买什么你就要什么，老东西啊，脸皮可真厚！"

有时，你下班，母亲就站在玄关的地方，等你刚刚换好拖鞋，立即递过来一张便笺纸，还有一支笔。"你给我买的那个挂在阳台栏杆上的花架，是从哪个淘宝店买的？写下来，隔壁的王阿姨也想买。"掏出手机，找到那家店铺，写下店铺的名字，写下花架的全称。母亲接过来，仔细折好，放在随身的背包夹层里。有时，她也会让你写下她身上的那件衣服是从哪家店买的。你掏出手机上网查找："妈妈，大前年买的，店铺里已经没有了。""啊，我也这么对苏阿姨说的，可她说喜欢我这件衣服。"你只好在纸上耐心地写下店铺的名字，像医生开药方一样，交给母亲。母亲接过去，说："我交给她，让她叫她女儿从网上买，真是的，她女儿从不帮她买东西！"

三

渐渐地，父母开始主动问："想买一本书，你帮我在网上看看？""家里没有元宵面了，菜市场那家也没有了，你在网上找找？"有一次，母亲去参加同学聚会，十几岁时候的同学，现在都是老头儿老太婆了，回来首先发出的感慨是，好多人都不认识了！再然后，母亲急切地看向你，说："林阿姨从上海来，穿了件两件套的开衫，黑色的，有网眼，好看，我也想买，没好意思问她在哪儿买的，你帮我上网找找？"

你很高兴接受这样的任务。那天晚上，打开电脑，父亲母亲一左一右站在后面，像两大护法。你根据她提供的少得可怜的线索，像个指挥官一样，镇静地输入关键词，然后，网页一闪，蹦出来无数开衫。你的父母发出了惊叹，他们都戴上眼镜，凑过来，手戳在屏幕上，指指点点。你把座位让出来，让他们坐下，教他们翻页，然后去厨房泡了一杯咖啡，靠在门框上，看着那两张满是皱纹又满是好奇的面孔，神气地催着："看好没有？看好就下单，快的话，后天就能收到，星期天你去打麻将的时候，就可以穿上新衣服了。"父母抬起头，信服地看着你，像看着无所不能的神。

你从网上买了半斤腌豇豆，带回家，神秘地打开，两个人嘲弄地笑了。但还是弄了点儿蒜末、碎红椒，炒了出来，一小碟，放在餐桌上。那天晚上，因为这碟腌豇豆，想到从前的岁月，想起大家都住平房的不富裕的年代，每天谁家吃什么都是公开的。隔壁家晚上吃稀饭，四口人就着一个咸鸭蛋，即便那样，晚饭结束还会剩半个。母亲最爱提起这段别人家的往事，笑得眼泪又出来了。"不过，我们家也好不到哪儿去，就是腌豇豆，腌豇豆！"她瞥一眼你父亲，摇着头补充道。

轮到他们是孩子，你是大人了。岁月虽然单调地使劲儿向前，规律却是有轮回的。你每天除了工作，有点儿时间就在网上徘徊，花点儿钱，买点儿需要的小东西带回家，这成了你的习惯。你喜欢看到等待了一天的他们，在你下班回家开门的瞬间，一起站起来，巴巴地看向你手里的包裹时，那份俗世的小快乐。

"又买什么了?!"他们惊喜地憧憬和抱怨着。

爱，就是一起做好多好多顿饭

◎ 严小沐

苏先生的妈妈寄来了腊货，十条鸡腿、十条鸭腿、十条鹅腿，用的全是浙南最地道的做法，放进锅里一煮，满屋子飘香。

锅里的汤咕嘟咕嘟地冒着泡儿，窗外飘着雪，北方的室内暖气充足，草木繁茂，这样的生活容易让人缴械，傻吃傻喝，不思进取——我们成了"沙发土豆"。

在这之前，我和苏先生并非吃货，甚至在各自的单身时期随意果腹多年，加之工作繁忙，生活方式特别江湖儿女。可一朝迈入家庭生活，两个人便不约而同地爱上了这种单调又有秩序的生活，觉得既可爱又有仪式感。

记得第一次跟苏先生见面，我们约在三环的一家电影院，但事情进行得并没有想象中顺利。和他认识缘于我们共同的好友 H 君，H 君将我们在对方面前夸得几近完美，令人害羞。当时的我们都处在被迫相亲的倦怠期，但又不忍拒绝 H 君的好意，便提刀跨马去赴约，心想不过聊胜于无。

一见面，我便感觉不合拍。

苏先生穿着一件宅男必备的格子衬衫，背着"宇宙中心"五道口最流行的那款双肩包——原来学术男和技术男的衣品如此一致。他站在那里等我，说了几句话脸便红了，声音秀气文弱。不仅如此，慌乱中他还错喝了买给我的饮料。

这呆子。

可接下来的一餐饭让我改变了想法，谁叫我吃人家的嘴短呢。电影结束，苏先生推荐了附近的一家湖北菜馆。大概知道我是湖北人，桌上点了一堆家乡菜：排骨莲藕、土鸡汤、糍粑鱼、红菜薹、热干面、面窝……没想到这呆子还挺体贴。仔细一聊，我们竟能在一些冷僻的话题里找到共同语言，真是意外的收获。"'直男'的穿衣打扮总有办法拯救。能吃到一起，聊到一起，不是更重要吗？"作为刚入会的"外貌协会"成员，我在五脏六腑间进行了自我批评。

就这样，一桌人间烟火之后，我和苏先生走到了一起。

人海茫茫，遇到一个恰到好处的人，难免觉得感动。当我们既不打算凑合，也不渴求被拯救时，幸福竟然悄悄降临了。

他一点儿都不耀眼，扔在人堆里就找不到了。再加上多年求学，身上自带某种奇怪的钝感力，这使他做起事来不慌不忙，仿佛总慢半拍。可那是一束温暖的光，且刚好就是我想要的。

两个人的生活大概是从一起做饭开始的。

租房时期做起饭来自然不方便，合租的又是位有大把闲暇时光、热爱烹饪的东北姑娘。她一个人的食材基本把整个冰箱塞得满满当当，我们常在缝隙里塞几个鸡蛋、半只鸡或鸭。偶尔我们会在忙碌的工作日回家煮一碗西红柿鸡蛋面，或者周末煲一锅黄豆猪蹄汤。

租的房子厨房不大，设备也不齐全，苏先生很少进来。我和东北姑娘在厨房里聊着天儿，听着锅里的汤发出咕嘟咕嘟的声响。这时候，东北姑娘养的猫懒洋洋地进来，冬天的阳光打在一把翠绿的竹子上，全是人间烟火。一种熟悉的感动从四周涌了过来。

没过多久，苏先生强烈表示要用房子给北漂生活做一个小结。于是我们东奔西跑，感受着北京惊人的房价，最后在遥远的北五环挑了一处二手房。所幸房子干净整洁，从阳台望出去正好可以看见近处的人家，远处的山岚。生活也方便，离小区不远的地方就有一个小菜市场，瓜果菜蔬、鱼虾肉蟹，一应俱全。结完账后，卖菜的阿姨总会抓一把小葱或香菜送给我："姑娘，汤出锅前撒一把，香得很。"

搬完家的第一件事就是把锅碗瓢盆一律换成新的，冰箱要尽可能挑个容量大的，买回瓶瓶罐罐分装油盐酱醋，连用处不同的洗菜盆都买了五个。真是铆足了劲儿为新生活呐喊助威。

我们都爱吃鱼，又都喜虾，还无辣不欢。在吃的方面，真是一拍即合。

若是买了鲫鱼，那就做汤。处理干净鲫鱼周身的杂物，洗净，两边各轻划一刀，入锅用油煎，以料酒去腥；待两面煎至金黄，加入温水，大火煮沸；再取白嫩的萝卜一根，切丝入汤，萝卜丝在碗中丝丝缕缕地散开，真是好看。

数十分钟后，加盐起锅，撒一把翠绿的小葱，汤色奶白，味道鲜美。

虾，我们最爱的做法是红烧。挑新鲜肥美的来上一斤，水龙头一开，洗净。我拍蒜、切姜、剥葱，他系上围裙，开始细心地挑虾线，去虾须，一只一只，也不嫌烦。鱼、虾、蟹这类娇贵费事的食材交给他正合适。他戴上手套，摆起架势，像平日写论文一样，严阵以待，有种不急不缓的从容。

在那些时刻，厨房里的时间是凝固的、静止的、具有强烈审美意义的。

前几天，我爸托老家的亲戚熏制了几条猪腿寄来，那可是上等食材。我用高压锅炖了小半条，出门买菜去，走在路上突然想起一些令人挫败的事，情绪一落千丈……可是当我拎着菜打开门的一刹那，满屋子浓香跑过来抱住我，苏先生在里屋唤："快来尝尝，真香！"那一刻，我的情绪瞬间明亮，真是慰藉。果然爱与美食，不可辜负。

苏先生不是浪漫的人。他讲究一粥一饭，低调实在，对待生活有理科生特有的秩序感，而我不免天马行空。所幸我们都承认，爱情是疲惫生活中的英雄梦想。

冬天快过去的时候，苏先生胖了五六斤，我也胖了三四斤，这大概也是爱的代价。爱是人间烟火，是细水长流，也是腰腹的赘肉。

每一道菜，每一种味道，都是一段生活。

这些食物或清淡，或浓重，

把它送入口中后，

过的是舌，走的是心。

岁月如此多娇 /

小碗干炸

◎ 刮刮油

我从不因为食物与人吵架，私以为每一种味道都有它存在的意义，每一种食物皆有其有序的传承，且同一种名称的食物，亦可有万千味道、形态。比如包子，无论是无锡的汤包、山东的大包子，还是上海的生煎包，都担得起"包子"之名。

我嘴馋且不挑，对大多数的食物都充满热爱，但如果让我选一种食物代表家的味道，炸酱面恐怕是要排在前面的。

一

炸酱面在北方十分流行，家家都会做，最常见的是肉丁黄酱炸酱面。做法也不难，无非就是调制酱汤，煸香肉丁，然后在一起翻炒成炸酱，佐以各种面码儿，便成了一碗喷香的炸酱面，按照老北京的叫法：小碗干炸。

炸酱面材料无非是肉和干黄酱，做法听起来也极简单，但各家的酱，味道各不相同。我吃过不少人家的炸酱面，几乎每家都有自己的味道。

比如调制酱汤时的做法就不尽相同。

有的人就爱吃干黄酱的味儿，只用少许水把干黄酱澥了调成酱汤；有的人则会在澥开黄酱后加入甜面酱；我还见过往干黄酱里加蘸酱菜用的豆瓣酱的；还有用东北大酱调制的，也是一种味道。酱和水的比例决定了这碗炸酱最终的味道和形态，甜咸配比不同、稀稠度不同，炸出酱的味道也不一样。有吃得精致的人，在口味上极挑剔，光调酱就要试好几次，一点儿也不能凑合。

还有就是酱里的荤口，最常见的是五花肉丁。比较讲究的人是把去皮五花肉切成黄豆大小的肉丁。为什么说讲究，因为这种大小的肉丁一般很难肥瘦相间，这样肥肉和瘦肉基本上是分开的，下锅也是先下肥肉，煸出油后再下瘦肉。但好肉之人，则会把五花肉切成手指肚大小，这样一块肉上便是肥瘦相间，吃起来风味不同。而实在犯懒不愿意切肉的，也可以煸炒肉馅。也有那不爱吃肉的人，炸酱用的是鸡蛋。

拌面的面码儿就更是各有喜好。按照时令，青蒜、黄豆、黄瓜丝、萝卜丝、豆芽、香椿、芹菜、白菜……一切都没限制，喜欢吃什么，就摆上一盘。所以炸酱面虽然是很简单的吃食，但所用的盘子和碗可一点儿也不少，不摆满一桌子，不叫吃了一顿正经炸酱面。

我就属于好吃肉的人，肉丁不能太小，否则就觉得不过瘾，我最爱嚼炸酱里的肉。若说炸酱是广袤宇宙，这肉丁就是天空中最亮的星，没了这肉丁，宇宙就变成了黑洞洞的幕布，没了那灵动的劲头和魂魄。有时候我吃完了两大碗面，瞅着酱里的肉丁还犯馋，又怕吃咸了口渴，就盛上些面汤，再涮上几块肉解馋，才算满足了。

面条也分抻面和切面，但最好吃的是自家的手擀面，劲道又干净，机器轧出来的面，口感不能比。煮出来的面也分锅挑（直接从锅里把面捞碗里）和过水。有的人着急，吃不了锅挑，必须过水才能吃得痛快。我吃的面不必过水，我不爱吃那股子过凉水的生气味，必须得是热气腾腾的，我拌面的声音都是黏糊糊的，热气把酱香激发出来，往往面还没拌利落，就积了满嘴口水。我妈最爱看我着急拌面，大口咽哈喇子时的样子——"别滴到碗里，出息劲儿的！"她会说上这么一句。但此时她说什么都无所谓，我只想赶紧吃上一口。

二

我打小就爱吃炸酱面，吃多少顿都不烦。冬天天冷了没什么新鲜菜，吃碗炸酱面；夏天天热了懒得做饭，吃碗炸酱面；今天谁过生日，没的说，炸酱面；明天哪个节气到了，按规矩，炸酱面；后天因为前一天酱炸多了，还可以再来一顿。

　　我如此爱吃炸酱面，甚至连早饭都可以吃。以前某品牌的方便面出过炸酱面，打出"吃干面、喝鲜汤"的广告，说实话，那面吃起来的味道比起小碗干炸简直是云泥之别，但只因它也叫炸酱面，我便爱屋及乌，当早饭吃了不少。吃多了，吃惯了，竟也成了念想，以至于多年后，在超市里看到这东西，就仿佛看到一个半大的小子，坐在那老旧的板砖楼的厨房小桌前奋力吃面的背影。

　　我上小学时吃面就很老到了。中午回家吸溜上一碗炸酱面，必须得就上半头蒜。下午一上课，同学们都对我退避三舍，但就连在我最喜爱的大队辅导员前打了一个声色俱佳的嗝，惹得她直犯干哕时，我也没有怪过炸酱面。

　　我如此爱吃炸酱面，以至于在外派工作时，在我珍贵的行李箱空间里，除了衣服还给干黄酱留了一席之地。尽管干黄酱大幅度增加了我箱子的重量，尽管它们让我在史基浦机场入关时费尽了口舌——我必须要连说带比画地给安检人员解释，这形如板砖、色如大便的东西是我最爱的豆制酱料，这至少耽误了我一小时，但我没有因此抛弃过一袋干黄酱。

三

　　有一个同学，其父爱喝酒，喝了酒就犯浑，在家揍孩子，出门骂邻居，我们都挺烦他。但他纵然人品千般不堪，却炸了一手好酱。我去同学家玩时得见一回。

那日他喝得醉醺醺，许是饿了，晃晃悠悠站起来走到厨房，开冰箱，取食材，突然像被厨神附体一般，腰板挺起来，一个举酒杯都颤三下的人，切起肉迅猛而利落，举起锅如铁手一般稳当，澥酱、切肉、煸酱、煮面，一气呵成，整个人的精气神突然回来了。

只见他身形摇了几下，手底下连炒带晃，没一会儿工夫就酱香扑鼻。我咽了口唾沫问同学："你爸是干吗的？"同学说："他下岗前是厨师，下了岗就一直喝酒。"我们听后相对无言。

我还记得那天的场景。午后的阳光透过他家小厨房贴满挂历纸的窗户照射进来，他在逆光里形成了一个剪影，脸上的表情和邋遢的衣衫已经看不清，这剪影不再像平时一样佝偻，似乎在炸酱的那一刻，许久不见的生活记忆裹着那一技之长带给一个人的尊严，重新注入这个曾经靠炒勺吃饭的男人的身体中。

很多年后，我看了一部叫《满汉全席》的电影，里面落魄的廖杰师傅，总让我依稀看到同学父亲的身影。只是不知道后来他是否如电影里的廖师傅一样咸鱼翻身。在我看来，能把一件民间的吃食做出灵魂的人，本也应该是热爱生活的人，总要活得更好一些吧。

四

一种食物，吃的不光是味道。

每一道菜，每一种味道，都是一段生活。这些食物或清淡，或浓重，把它送入口中后，过的是舌，走的是心。每当尝到它的味道，就回到了它所对应的那段生活里。

自己在国外过的第三个生日，我加班。

回到公寓，已过了晚上 10 点。推开门，屋里空无一人，灶台清冷，心情低落。于是，我决定给自己煮碗面。

半小时后，我拌上了一碗意大利炸酱面，没有面码儿搭配，没有手擀面的口感，但酱香引得我迫不及待地吸溜了一大口，面入口那瞬间，突然感觉灵魂上加持了一股子精气神，身体也满足得通体舒泰。

那一刻，我似乎站在了 8000 公里外那座古城的那条胡同里的那座老楼的小厨房中。

煮面锅热气蒸腾，我眼睛上蒙了一层雾，使我看不清周遭的人和物。

我感觉到自己半拉肩膀拌面拌得酸痛，我听见碗里响起黏糊糊的拌面声，于是我口中止不住地涌出口水。

然后一个声音说："别滴到碗里，出息劲儿的！"

做寿衣的父亲

◎ 寇　研

一

老爸是镇上唯一会做寿衣的裁缝，这是他从祖父那儿继承来的技艺。祖父过完 70 岁生日不久，就穿着早为自己准备好的寿衣入土为安了，此后，远近需要做寿衣的人家，都会找老爸。

在我的记忆里，很多个寒冬或盛夏的深夜，在家里人全都睡下之后，整个小镇都笼罩在此起彼伏的鼾声里，会突然传来窸窸窣窣的脚步声，步履匆忙，由远及近，最后停在我家的小楼下。接着是说话声，像是在确认地址，然后有手电筒的光晃到我家楼上的窗户，楼下的卷闸门也被拍得哗啦啦响。老爸起床、开灯、下楼，把卷闸门哗的一声推上去，便拥进来几个裹挟着凉气且神色疲惫的男女——家里老人病危，急需置备寿衣，越快越好。

从老爸承接做寿衣的活计开始，就时常需要面对这种要连夜赶活的突发状况。通常，乡下的老人，比如祖父，会早早为自己和老伴准备好寿衣，以备不时之需。顶着夜色来找老爸的，往往是遭遇突然变故的家庭，老人还没来得及为自己备下寿衣。

浩荡而静谧的乡下小镇的夜色里，老爸一杯接一杯地喝浓茶，昏黄的灯光下，脚踏缝纫机的声响听来分外孤独。天亮时，寿衣已全部完工，包好，搁在货架上。等我们下楼吃饭、准备上学时，老爸已把他去附近乡镇赶集摆摊要带的货物在摩托车后座上捆好了。有一年，他照例熬夜赶活，天亮再去赶集，下午收摊回家的路上，摩托车冲到马路牙子外的石壁上，腿、胳膊、脸上全是细碎的伤口。那一个月或许是他这一辈子照镜子频率最高的一段时间，每天都要在穿衣镜前晃几回，还跟我妈反复确认："是不是没有疤？真的没有？"临到做饭时间，又要去厨房反复叮嘱："不能放姜，记得别放姜，吃姜留疤……"那是老爸少有的担心自己不再帅的时刻。

二

老爸老妈生了我们姐弟仨——一个合法，两个超生，谢天谢地第三个崽子终于是个儿子，这是非常典型的中国式家庭构成。父母终日忙碌奔波，养家糊口，为孩子们挣学费。孩子们也按部就班，在镇上读了小学，再读初中，然后去县城读高中，幻想着有一天能去大城市上大学。这也是非常典型的中国家庭的"中国梦"：父母本分地挣生活，孩子本分地挣成绩，都辛劳，都承受着各自的苦，却不懂得何谓沟通。我们生活在同一个房檐下，各安本分，又各怀心事。这平静中孕育着风波，还未爆发，只因时候未到。

与老爸第一次发生重大分歧，几至决裂，发生在我 20 岁左右时。他强迫我与当时的男友分手，"战争"进行了三年，异常惨烈。他拿出连夜赶制寿衣的那份意志力，我呢，则继承了他的倔脾气。"战争"终于以我的恋爱失败收尾，我将失败的原因归咎于他。以后的那些年里，他做他的寿衣，我上我的学，互相的沟通就剩最客气的问候，我打电话回家都是在估摸着母亲能接上的时间，要是他接了，也会立刻说："我去叫你妈。"

工作一段时间后，我做了一个重大的人生决定：辞去工作，以写作为生。最初两年，收入很少，母亲难免会暗中接济，我自然知道，那些钱里有一部分是老爸熬夜挣出来的。老爸的"家门不幸"的苦恼都写在脸上。辛苦供我读完大学，我却不工作，躲在家里好吃懒做——这是他对我在家写作这件事的理解。就像没有人能阻止他要在天亮前赶制出别人订下的寿衣的决心，就像没有人能阻止他认定我的初恋男友是个"渣男"并必须出面干涉，我也无法阻止他认定我读书写作只是因为不想工作。那几年，我很少回家，不想面对他，我也约莫能懂他嘱咐母亲别忘了给我钱时，内心交织的愤怒与无奈。

三

几十年过去了，老爸已是镇上有名的寿衣裁缝，只要家有老人离世，人们会在第一时间找到我家。有时想想，竟也有些骄傲——他熬夜做了些新衣服，让老人们入土的那一刻体体面面。但我从未对他说起过这些，我们的沟通仍然只在最表面，叮嘱对方要吃饱穿暖、注意身体，诸如此类。近些年，我的境况逐年好转，写作，出书，老爸再不过问、干涉我的工作了。何况他也不懂，只说让我多吃一点儿，要劳逸结合，不要太辛苦。镇上若有人读了我的书、我的文章，夸了我，他会记得在母亲打电话给我时，让她转达这个信息。随着年龄渐长，我终于发现，自己努力了这么久，无非就是想成为老爸那样的手艺人，以写作为生。

关于我的感情问题，他也曾试探性地问过，每次都被我粗鲁地阻止，逐渐也就不问了。只是在我每次离家前，他会把我的箱子塞得满满的，好像今后一年没有这些东西我就得挨饿。我不耐烦地抱怨拿不动，他想想也是，转头又把箱子拆开重新打包，来回掂好几次，想象凭我的力气能够拎起来走多远。把我送到车上，隔着车窗玻璃，他招招手便立即转身走开，后来有一次通电话，他说："看着你一个人……"我暴躁地打断他，以后他也不说了。有一年的大年三十中午，我弟终于从火车站接回了我，家里人都在等我吃饭，老爸尤其高兴——一个老人等到女儿回家的高兴。

中午他多喝了两口，红着脸说笑着，突然就捂脸痛哭，他向我道歉，为多年前的那桩恋爱事件。我讨厌他给我道歉，我希望他还是霸道的、专制的，因为那代表他还是年轻的、固执的，不会伤感。

我想有一天，他也会穿着自己的寿衣离世，他会给自己准备好，就像当年的祖父。只是想一想这个世界可能有一天不再有他，都让人难以接受。但总是会有那么一天的，我希望当那一刻到来，他在回顾自己一生的艰辛时是安详的。我知道我们终会达成这样的默契：他的孩子虽然不太听话、倔强、任性，还不甘平淡地让自己的人生多有波折，但她，一直都非常非常爱他。

我买了一件灰色斜襟的单夹袍，宽松款，
心想在家穿也行，胸前佩个饰品出门穿也行，
然而游游他爸刚才问我
是不是想去摆个摊给人算命。

岁月如此多娇 /

游游他爸

◎ 夏小嫣

有一次，我问游游他爸："我今天化的这个妆好看吗？"他认真地看了几眼，诚恳地说："还可以，就是口红太红了。"而事实上我当时根本没化妆。从那时起我就想明白了，只要妻子的五官都在脸上，四肢无缺损，没有剃光头，在丈夫眼里都是一个样。

游游他爸头顶长了一小撮白头发，很集中，很显眼。刚才我喊他"白毛"，他不高兴地瞪我。我急中生智，接着说："浮绿水，红掌拨清波。"

我向往地说："我想要串手链，最好是银色的，那样漂亮一点儿；但是我经常做家务，所以要结实些的，不怕水的。要是有合适的，买一串也可以。"游游他爸瞥了我一眼："手铐最合适。"

病了 3 天，游游他爸今天终于康复了，还很虚弱的他起床以后摸索着走到厨房，打开冰箱。我以为他天天喝粥喝腻了，想吃点儿别的。只见他拿出一听猫罐头，费力地打开，缓慢蹲下，喊小猫："可乐，快来，吃罐头了。"

睡午觉前说好了下午两点一起出门办事，我让游游他爸一点半叫我起床。到了一点半，手机响了，接通以后他在手机里鬼鬼祟祟地喊我："起床吧，时间到了。"我觉得很奇怪，他明明就在客厅，为什么还要打电话叫我。出去一看，他在沙发上幸福地躺着，小猫在他胸口上睡着了。

今天大扫除，安排游游他爸帮我擦两间卧室的大衣柜顶，主卧的衣柜顶上放着一把他上大学时买的吉他。过了一会儿，我和游游听见声响，去卧室一看，肩膀上挂着抹布的游游他爸，正神情忧郁地站在一米多高的小铝梯上弹吉他。

烤比萨，让游游他爸去买点儿青豆米。跟他说买 3 块钱的就够了，买多了浪费。到了菜摊前，他可能觉得一个大老爷们儿才买这点儿东西也太不好意思了，于是煞有介事地给我打来电话："买青豆米是不？买多少啊？啊，才 3 块钱的是不是少了点儿？哦，做馅啊。好的好的，那就买 3 块的。"

打完蜡的地板非常滑，滑得走路得格外小心。游游他爸晚上去跟朋友打牌，按惯例会到半夜一两点才回来。晚上9点，我跟游游说可以玩半个小时的《魔兽世界》。结果玩了还不到半个小时，游游他爸回来了。游游飞快地往卧室跑，想钻进被窝装睡，结果因为地板太滑跑不动，他在原地蹬了半天，被现场抓获。

晚饭后问游游他爸要不要跟我一起去小区里走走，他决绝地说："不去，在花园里暴走的全部都是胖老太太，我才不混进去！"我从沙发上跳起来怒吼："你不要瞧不起我们！"

还剩最后一个甜筒，游游今天已经吃过了，这个是他爸的。游游从冰箱里拿出甜筒，恋恋不舍地递给爸爸，失落地转身离开。他爸突然喊："等一下！"游游两眼放光地转过身，只见他爸慷慨地将甜筒顶上盖着的那张圆纸片递给他："拿去舔！"

游游最近有点儿马虎，作业常常出错，老师还特意打电话来反映他上课注意力不集中的问题。于是，他爸爸找来一张难度挺大的数学试卷让他做，心想等他做错很多题就可以教训他一顿，并且准备了一大段鼓励的话。结果游游全部做对了，连附加题都做对了。他爸呆呆地坐着，很惆怅。

后天就要期末考试了，游游他爸拍拍游游的肩膀，和善地说："后天就看你的了！"刚走出去两步，他又回头举起拳头在游游面前晃了晃，换了一副凶狠的面孔说："要是考不好的话，大后天就看我的了！"

一大早我被游游他爸摇醒，他问："有没有黄油？"跟他说了地方，我又接着睡了。几分钟后又被他摇醒："黑胡椒粉在哪儿？"如此反复几次之后，他一脸骄傲地说："起来吃早餐，我煎了三文鱼。"确实，他煎了三文鱼，烤了面包，做了咖啡，可是我还困得要命，只想睡觉。吃完，他摆出一副含辛茹苦的模样就去休息了，我还得擦油腻的灶台。

游游发现他的耳朵会动。我仔细看了一会儿，发现不光是双耳，他头顶的整块头皮都会动。我努力试了试，只能挤眉弄眼，没法像他那样。于是我兴冲冲地去喊他爸来看："快来看，游游的耳朵会动！"正在喝茶的游游爸被打扰了，不满地吼道："人家猪八戒也会啊！有什么了不起的！"

围炉吃小橘子，游游他爸说起自己小时候把橘子皮像子弹一样射出去的往事，游游听得无限神往。游游他爸说得起劲儿，建议道："我们那时候还会拿橘子皮对着同学的眼睛挤，喷出橘油辣别人。来，我们试一下，你把眼睛睁大点儿。"

　　我买了一件灰色斜襟的单夹袍，宽松款，心想在家穿也行，胸前佩个饰品出门穿也行，然而游游他爸刚才问我是不是想去摆个摊给人算命。

　　在沙发上睡了一会儿，醒来听到游游他爸在痛心疾首地教育游游："你以为做特工是件容易的事？在敌人面前要谨慎小心，一旦暴露身份，不但要被敌方追捕，自己人也要杀你灭口，你以为每个特工都像007那样风光？"游游说："可是我 chù 谋已久想当个特工啊！"他爸说："是蓄谋！"我无语，在想要怎么脱离这个家庭。

　　说好了下午我跟游游去逛街，在外面吃了晚饭再回来，他爸的晚饭自己在家解决，反正饺子、馄饨、面条都有。临出门的时候游游他爸明显流露出"我也想去"的神情，可是我们都不想带他去，只好假装没看见。眼看我们都换好衣服要出门了，游游他爸说了一句话，我们立刻诚挚地邀请他加入——他说："可是你们缺一个付钱的人啊！"

　　我觉得《琅琊榜》挺好看的，游游他爸则不屑一顾，他觉得"老太太才看这种电视剧呢"。这几天我重看第二遍，游游在旁边玩，随口问我："那个夏江是怎么从天牢里跑出来的呢？"他爸立刻威严地回答："是誉王要谋反，所以放他出来的。"——对剧情还挺熟悉嘛！

昨天游游他爸回家，一边换鞋一边兴致勃勃地说："我今天搞了一个惊喜。"我从厨房出来，他又说："距离上次惊喜已经很久了。"我眼睛冒光，又期待又高兴地想：啧啧，都这把年纪了，他还真浪漫哪！就在我等他递给我礼物的时候，他说："精洗就是洗得干净啊！引擎盖里边和仪表板缝隙都洗了。"

游游膝盖上磕了一道七八厘米长的伤口，不深，破了皮，他爸不以为然地说："这点伤算什么，去洗澡吧！"然而今天他的手指上划破一道1厘米长的小口子，他特地捏着手指跑来，奄奄一息地告诉我："看，很大的伤口，流了很多血。"结婚这些年来，他自己身上1厘米至5厘米的皮外伤对他来说就是重伤，非常非常严重；5厘米至10厘米的皮外伤就是"手可能要断了，会不会落下残疾"；10厘米以上的伤口他倒是没说过什么，因为已经吓得昏厥过去了。

因为琐事跟游游他爸吵了几句，他竟然拿起手机坐到沙发上玩了起来，我觉得自己的王之怒火被藐视了，准备跟过去继续燃烧。这时我的手机响了，拿起来一看，是游游他爸及时给我发的一个红包。看了看金额，我不由得露出了憨厚、朴实又腼腆的笑容……是啊，宽容是一种美德，天空好蓝。

　　我送完游游，回家发现只有一小把面条了，只够一个人的早餐。考虑到游游他爸爱吃面条，我就主动提出让给他吃，自己则拿了两片面包，切了厚片黄瓜、哈尔滨红肠，又煎了个鸡蛋，涂上沙拉酱做了个三明治。他幽怨地看了看他碗里的面条，指出这是个阴谋。

　　游游他爸深情地跟游游说："将来你长大了，我不需要你报答我……"游游震惊地说："你是我爸爸啊，我当然不会暴打你……"

　　父子两人又在玩无聊的追打游戏，游游想像小时候一样躲到床底下去，可是他低估了自己的生长速度，于是身子被卡在床底，只露出个脑袋，动弹不得。他爸趁机冲过去，按住他兴高采烈地一顿胖揍……（智障的原生家庭）

　　游游要过生日了，他这几天开始琢磨着想要个什么礼物，刚才他爸严肃地教育他："作为一个未成年人，要怀有朴素平凡的理想，踏踏实实做人，不做不实际的妄想，明白吗？"看游游一脸懵懂，爸爸循循善诱地补充："比如啊，买一个馒头，吃一碗羊肉粉，等等，都是很朴素很好的生日礼物啊！"

我常常在睡梦中被老婆兴奋地吵醒。

"地震了吗？"我惊魂未定地问。

然后，

就听到她兴奋地说："我想到了，刚才吵架时我可以这么回答……"

岁月如此多娇 /

家有笨妻

◎ 傅小叨

我越来越觉得，我的老婆是个"笨蛋"。

真的。

这事其实早有端倪。比如，我和老婆是大学同学，一起在大学待了4年，但直到毕业，学校里有的楼老婆还不知道在哪儿，我们的学校真的不大啊！

我答应她卸载《魔兽争霸》，于是，我当着她的面，把桌面上的快捷方式删掉了。"你当我傻啊！"她怒吼道，然后迅速抓起鼠标把回收站清空了……

前尘往事，历历在目，只可惜，当时年轻的我一叶障目。都说恋爱中的女人智商为零，其实恋爱中的男人才是睁眼瞎呢。

而这一切，才刚刚开始。

请客

谈恋爱的时候，我们一起出去吃饭。我把钱递给收银员时，她冲过来一边大喊着"我来付，我来付"，一边掏出钱放在收银台上，然后从收银员手里抢回我刚才给的钱，和找零一起装进自己的钱包里。整个过程中，她全然不觉得哪里有问题，还觉得请我吃了饭，开心得要死。

学车

结婚后，我们一起报了驾校。老婆报了自动挡，我报了手动挡。驾校教练拍着胸脯说自动挡好学，适合女生，一个月就能拿到驾照。"手动挡嘛，拿到驾照可能慢一点儿，"教练特会说话，"没事，正好陪陪你媳妇儿。"

可没想到，一个月后，我顺利拿到了驾照，而我老婆则晚了一些——400多天而已。

考试

准备驾考的这一年半，老婆深受打击，我也跟着提心吊胆。第一次参加科目二考试那天，我接到她的电话。电话里，老婆哽咽着跟我说自己考试挂了。一切都在意料之中，我赶紧安慰她："没事的，好事多磨，下次注意点儿就行了，科目二挂的人多了去了。"

几个月后，老婆第二次被挂。这次她没给我打电话，也没对我哭，却对另一个人哭了，那就是她的教练。事后老婆回忆，她走出考场时眼泪汪汪，弄得教练敢怒不敢言，还一个劲儿安慰她："又不是高考，你哭什么？"而当老婆终于顺利考过，兴高采烈地给教练发短信报喜时，教练只回了两个字："谢谢！"

路痴

当老婆历经九九八十一难，终于拿到驾照，开车上路之后，我对"路痴"和"女司机"有了更深刻的理解和认识。

老婆拿到驾照之前，我已经开车接送了她一年，可是直到她自己开车，她还是不认识上下班的路，不知道应该在哪个路口转弯，在哪个路口下环线。有时候，她还特别无知地问我前面的车闪灯是什么意思，我说那是转向灯。结果，她特别天真地来了一句："原来车灯会说话呀！"我顿时一头黑线，真怀疑她的驾照是不是考官可怜她才给她的。

有一次，我们一起听广播，主持人讲笑话，说如果大晴天看到女司机打开雨刮器，就说明她要变道了，我当时笑喷。后来，当我心惊胆战地坐在她边上，看她开车变道时"啪"一下打开雨刮器时，我才知道，原来笑话真的来源于生活，甚至，远不如老婆让我见识的生活。老婆开车之后，我才知道有一种认路方法不是看路牌，而是看周围的大楼和花草树木的样子。天哪，你咋不让小鸟在前面带路呢？！

情商堪忧

现在流行说情商，老婆的情商可以被十几岁的小孩子轻松碾压。我曾兴高采烈地给她讲我的一个哥们儿的女友是如何捍卫爱情的，让她学着点儿，做个聪明的女人，不要总是对我凶巴巴的。话说那个哥们儿当时与一个长腿妹子一起合租，孤男寡女，天天共处一室，这不明摆着让人犯错吗？他的女朋友当然不会坐以待毙，但是人家并没有冲过去逼着我这哥们儿赶走室友，那样显得自己心胸狭窄气量小。讲到这里，我问老婆："你猜她是怎么做的？"如我所料，老婆懵懂地摇头。我继续眉飞色舞地说起这位高情商姑娘的解决之道：她非但不吵不闹，还对我这哥们儿更好了，不仅对男朋友好，对本是"潜在情敌"的长腿妹妹也好。她一有空就跑去帮我哥们儿收拾屋子，还带去一大堆零食，大方地分一些给长腿妹妹。不仅如此，她还拉着长腿妹妹跟他们一起去看电影，大大方方地让长腿妹妹当"电灯泡"。结果，不出一个月，长腿妹妹就知趣地自行搬走了。我讲得唾沫横飞，心想这下老婆会有危机感，该反思一下她平时不该对我凶巴巴的了吧？可是，老婆眼神迷茫地来了一句："她为什么搬走啊？"我瞬间喷血。原谅我，我应该想到的，以老婆的情商，换作她一定不会搬走，还傻乎乎地以为人家真把她当闺密呢。

没发挥好

老婆是我见过嘴最笨的人，不管有理没理，我都可以两句话把老婆说得词穷，然后看她在那里气得想骂人却想不出合适的词，这让我有一种打游戏赢了的快感。不过，快感很快就会被痛感所取代。我常常在睡梦中被老婆兴奋地吵醒。"地震了吗？"我惊魂未定地问。然后，就听到她兴奋地说："我想到了，刚才吵架时我可以这么回答……"我真恨自己刚才嘴贱，逞一时之快，却不料后患无穷。